古典教育研究丛书

希腊古风时代的诗教研究

上官剑 著

中国社会科学出版社

图书在版编目（CIP）数据

希腊古风时代的诗教研究/上官剑著．—北京：中国社会科学出版社，2017.11

（古典教育研究丛书）

ISBN 978－7－5203－1500－5

Ⅰ．①希…　Ⅱ．①上…　Ⅲ．①诗歌研究—古希腊　Ⅳ．①I545.072

中国版本图书馆 CIP 数据核字（2017）第 280170 号

出 版 人　赵剑英
责任编辑　卢小生
责任校对　闫　萃
责任印制　王　超

出　　版　中国社会科学出版社
社　　址　北京鼓楼西大街甲 158 号
邮　　编　100720
网　　址　http：//www.csspw.cn
发 行 部　010－84083685
门 市 部　010－84029450
经　　销　新华书店及其他书店

印　　刷　北京明恒达印务有限公司
装　　订　廊坊市广阳区广增装订厂
版　　次　2017 年 11 月第 1 版
印　　次　2017 年 11 月第 1 次印刷

开　　本　710×1000　1/16
印　　张　10
插　　页　2
字　　数　138 千字
定　　价　40.00 元

凡购买中国社会科学出版社图书，如有质量问题请与本社营销中心联系调换
电话：010－84083683

探寻古典教育研究的意义（总序）

刘铁芳

生活在21世纪的今天，我们身处现代化的围裹之中，为什么还需要不断地回到古典，回归经典？这本身就是一个问题。

一个民族的经典往往体现了古典时代先贤杰出的思想，同时也是先贤思想在历史进程中不断地被选择、解释，甚至创造而成，也即真正的民族经典乃是历史进程中开放而持续的认同、阐释与创造中共同造就。显然，所谓经典其实并不仅仅是属于经典作者，同样是属于历史的，属于民族的，是共同塑造的，是开放的，或者说是在开放中不断生成的。经典其实就包含一个民族在精神成人方面那些最关键的基因，或者说遗传密码。回到经典，回到古典显然不是要回到古代，而是让我们超越简单化的线性时间观念，在回溯经典文本的过程中去思考一个民族如何被塑造，一个民族作为其民族的关键信息。

历史乃是绵延性的，对于当下的我们而言，所谓历史并不是博物馆里被观赏的文物，历史并未过去，而是深深地植根于当下，潜移默化地建构着当下。正因为如此，古典所面临的问题其实也是我们今天所面临的基本问题，回到古典，其实就是回到我们今天所遭遇的基本问题，回到教育的基本问题，回归到人类的抑或民族的永恒性问题。回到古典并不是回到古代，而是不断地从古典所面对的问题出发，也就是从古典出发，敞开当下的问题空间：站在今人的立场上解读古典，激活古典在现时代的想象，让我们更好地理解古典，以古典思想来扩展今日教育的思想资源；站在古典的立场上解释当下，激活对当下基本问题的思考，让我们更好地理解当下教育的精神走向。

历史并未过去，那些开启先民的基础性事物依然在潜移默化地引领着今人的生命。真正的历史在不断地向着当下绵延，并建构着今日个体的内在自我。我们也并非历史的旁观者，我们乃是历史绵延到今天的体现者，我们就是活着的传统。传统不是静止的过去，而是绵延在今天，建构着今天，对传统的创造性解释就是在建构当下的。

民族的经典乃是发生在历史接受过程之中而形成的。先贤置身于其所处的历史与时代境遇之中，充分地完成属于其个人的文化创造，形成思想文本。后人在阅读先贤思想文本的过程中，不仅是学习先贤思想，也在此过程中开启自我，获得自我认同感，同时又以自我置身于时代之中的“偏见”（先见）来创造性地阐释、丰富先贤的思想。正是在此代代相传、不断选择性地阐释与创造的过程中形成民族历史和文化进程中开放的经典。

历史上的经典，曾经充分地开启先人的生命世界，到今天，依然是打开我们生命世界的重要资源。回到古典，并非要我们回到古代，而是沿着先民如何打开自我的路径来思考今日究竟如何更好地打开我们自身的生命世界。经典并非教条，真正的经典乃是开放性的。经典之所以为经典，乃是因为其承载着道，也即保持向着道的开放性。我们自身正是在阅读经典的过程中敞开我们自身向着道的开放性存在，我们自身的理解就是参与经典意义的创生。这里也提示我们如何把经典的文字还原成创生着的情景，还原成先哲生动地在他们所遭逢的时代里追求大道的生命实践，努力阐幽发微，以先哲高明之德行来照亮我们蒙昧的心灵。

重温古典，并非因循守旧，更非依葫芦画瓢，而是“温故”而“知新”，也即在不断地回望与理解中创造性地活化经典，让经典更好地进入当下，确切地说，是让经典激活当下的我们，让我们置身无根化的现代性处境之际，而能在与先哲的对话中触摸历史与传统中幽深的文化—生命之根基。正因为如此，关注古典教育，并不是为了猎奇，而是为中国教育寻根。“周虽旧邦，其命维新。”周虽然是旧的邦国，但其使命在革新。在重温古典的过程中触摸起源，并不是要守旧，而恰恰是要维新，只是这种“维新”是要建立在对我们自身的“命”的认识与坚守，也即理解我们究竟需要怎样的新。不断地解释与理解教育的起源，正是要尝试着去理解那让我们不断地维新的“命”，由此而寻求今日教育之自我更新与自身超越的源头活水及内在路径，否则我们的求新就可能是盲目的、无根的。

近年来，我和我的团队逐步找到了一条以古典教育研究为特色的教育思考路径，我们的目的乃是要在探寻人类教育的本源的基础上，追寻中国教育的本源，触摸当下教育发展的深层脉象，以尽可能地夯实研究的背景与基础，在经典与现实、古典与现代、中国与西方之间尽可能保持融会贯通，同时又拥有深度而鲜活的张力，以此来促成深度教育思考的可能性。

当然，我们深知，这只是今日中国教育研究幽微而又不可或缺的重要路径之一，我们自身的研究也未必能达成我们预想的目标，但我们将持续努力，并力求在逐步回到中西古代原典的过程中扩展研究的深度与广度。身虽不从，心向往之。

2017 年 11 月于湖南长沙师范大学教育科学学院

目　录

引　言 ………………………………………………………………………… 1

第一章　诗教的权柄 ……………………………………………………… 11

第一节　诗为神启 ……………………………………………………… 11
第二节　神爱诗人 ……………………………………………………… 21
第三节　人与神：渐行渐远 ………………………………………… 25

第二章　诗教的魅力 ……………………………………………………… 33

第一节　诗是“事物的心灵” ………………………………………… 35
第二节　诗之两刃 ……………………………………………………… 40

第三章　诗教的理念 ……………………………………………………… 45

第一节　“完美的英雄”
——《荷马史诗》的人才规格 ……………………… 47
第二节　“正义的人”
——赫西奥德“教谕诗”的人才规格 ……………… 52
第三节　从“神话语境”到“城邦语境”
——提尔泰奥斯和梭伦的“教谕诗” ……………… 56
第四节　“回到”荷马
——品达的教育理念 …………………………………… 59

第四章　诗教的践行 …………………………………………… 63

第一节　史诗中的“家庭教育” ……………………………… 65
第二节　私学之所：诗人的“圈子” ………………………… 73
第三节　另样公学：城邦合唱队 …………………………… 85
第四节　研讨会的前身：会饮 ……………………………… 98

第五章　诗教的黄昏 ……………………………………………… 110

第一节　为谁而歌？ ………………………………………… 110
第二节　诗与利 ……………………………………………… 120
第三节　智者的兴起 ………………………………………… 128

结　语 …………………………………………………………… 143

后　记 …………………………………………………………… 149

引　言

文明初开之际，教化不似今日之细腻烦琐，教育内容尚未刻意分门别类。周天子时，文化教育就是“简单”的“乐教”，《周礼·春官宗伯》云：“以乐德教国子，中和、祗庸、孝友；以乐语教国子，兴道、讽诵、言语；以乐舞教国子，舞《云门大卷》。”三世之时，少有人试图将教育内容与形式分类，乐、诗、舞集于一体，德、文、武融汇其中。这里的乐教就是旨在育德、育智与育体，先秦文明也自此孕育而出。

这种现象并非只为中华文明所独有。在希腊文明的古风时代，“乐”① 是最重要的文教形式，其所发挥的功用更是远甚于先秦时期。希腊古风时代，几乎所有的正规表述都需采用诗歌的形式，诗歌是语言的主要载体。除了我们耳熟能详的《荷马史诗》，还有哀歌、颂歌等各类抒情诗。诗歌不仅用于抒情与叙事，科学或哲学作品也用诗歌形式表述。如逻辑学创始人巴门尼德在《论自然》中阐述逻辑学中“存在存在、不存在不存在”这类基本理念时就是通过史诗格律（Hexameter）进行的。有学者认为，巴门尼德的这种诗歌化的哲学是他的伟大尝试，将逻辑学写成诗是“具有英雄气概的文

---

① 古希腊语境下的“乐”（μουσική）与当代中文语境下的“乐”有所不同，其词源直接来自掌管文艺的缪斯女神（μουσα）。在古希腊，缪斯女神的管辖范围涵盖当代语境下的音乐、舞蹈、各类文艺作品（诗歌、戏剧、散文）以及科学、数学、天文学等。后来，“乐”（μουσική，music）一词常和歌曲（ῳδή，song）、诗歌（ποίησιζ，poetry）等概念替代使用。

学成就”，是“有意识地仿照史诗英雄奥德修斯的无畏精神”。[①] 其实，这种观点只是浪漫的一厢情愿，因为在巴门尼德所处的那个时代，散文并未兴起，史诗格律才是古风时代唯一正式、高雅的“官方语言”，是表达思想的正规途径；只有在非正式场合或者是那些没有受过良好教养的人，才会用没有韵律的方式来说话。诗歌并非巴门尼德的一种工具，即试图“借用诗歌艺术的韵律和高雅风格来进行写作，通过这种途径来避免平淡无味、缺乏想象力的文字”[②]，而是当时别无他途。在阅读巴门尼德的诗歌时，即使只是残篇，也丝毫没有觉得诗与逻辑学的融合有违和感，反而超越了知识层面，给人一种理念甚至是信念的冲击。他的诗歌和他的逻辑学思想是自然且完美的结合，与亚里士多德用散文阐述逻辑学的感受完全不同，似乎是属天或是属世的两种话语。除巴门尼德以外，与他同时期的哲学家也是用诗歌来表达理念的，如恩培多克勒的宇宙论和元素论、赫拉克利特的物质“斗争论”等，都娴熟地运用六步韵来表达他们的思想，此时的哲学与诗歌浑然天成。

这一时期的政治理念与法律条文也没有专门的表达方式，而是大多渗透在政治家的诗歌作品之中，城邦公民通过口口相传熟记于心。最有名的当属雅典律法的奠基人梭伦（Solon），他的思想全都通过诗歌呈现。政界领袖常常通过诗歌作品成为社会生活的建议者。来自克里特的颂歌诗人萨勒塔斯（Thaletas）作为古风时代斯巴达城邦法律的制定者和发言人[③]，在诗歌中非常直接地颂扬了公民的顺服和公民彼此之间的和谐，希望通过这一方式开创和维持社会秩序。亚里士多德在《政治学》中就将斯巴达和克里特的政体放在一起论述，认为斯巴达的政治体制是从克里特那里移植来的，而这

---

① ［古希腊］巴门尼德：《巴门尼德著作残篇》，大卫·盖普洛英译，李静滢汉译，广西师范大学出版社 2011 年版，第 8 页。

② 同上书，第 155 页。

③ Plutarch, "On Music", in David A. Campbel, trans. and eds. *Greek Lyric*: *Anacreontea – Choral Lyric from Olympus to Alcman v.* 2, LOEB, Harvard University Press, Cambridge, Massachusetts, 1982, p. 323.

个中介就是诗人萨勒塔斯和特尔潘德。①

古希腊的诗歌功用广泛。诗歌首先规范社会伦理。人们常从《荷马史诗》或者《神谱》中寻找规则来应对城邦事务；诗歌教育与军事训练也一度是各级教育的全部内容；诗歌表演还是大众娱乐和节日活动的最主要形式。诗歌吟诵遍布古风时代希腊社会的各个角落，对希腊文明影响深远。许多哲学家、政治家和军事家同时也是著名诗人，比如，柏拉图在遇见苏格拉底之前就一度立志成为一名伟大的诗人，虽然他后来又改弦易辙了。

虽然古希腊诗歌流传至今只剩不见音乐与舞蹈的纯粹诗文，但古风时代的诗其实意味着诗文、音乐与舞蹈的综合，这与先秦文化早期“乐”的内涵一致，发展中也没有出现诗歌脱离音乐与舞蹈而独立言志的倾向。古希腊诗歌的创作也比先秦诗歌在形式方面的要求更为苛刻，有更多的格律规定。如《荷马史诗》就是以“六音步”为主要韵律，通过长音、短音来构成韵律感，每一句几乎都是严格的“长短短”六次重复。我们今天阅读《荷马史诗》的中文译本，即使不考虑这些韵律仍能感受恢宏气势扑面而来，可以想象要用严格的韵律创作如此鸿篇巨作需要对语言有多大的掌控能力。“语言是存在的家”（海德格尔），语言的精深往往映射出思想的厚度，由此也不难理解缘何在希腊古风时代的诗歌氛围中能孕育出灿烂辉煌的希腊古典文明了。

我们对古希腊文明的了解，通常是从“古希腊三贤”开始的。笔者也是因为对这三位哲人的景仰而着手研究古希腊教育，但在直接阅读这些哲人的经典著作时往往感到力不从心，即使是只关注其中的教育内容，仍有一种似懂非懂甚至云山雾罩之感。久而久之，才发现，在柏拉图、亚里士多德的哲学园成功运作之先，智者学派及其教育其实早已在希腊城邦大行其道。要理解雅典城邦的教育，

---

① ［古希腊］亚里士多德：《政治学卷》，颜一编，中国人民大学出版社 1992 年版，第 64—65 页。

领会柏拉图、亚里士多德教育思想的真谛，非得先深入了解智者教育不可。但当转向智者教育时，又开启了另一段雾里看花之旅。因此，笔者不得不把研究的年代进一步前推，直至古风时代的诗歌教育，这才是古希腊教育的真正开端，也只有把握住这一开端，才能明白古希腊人完整的教育理念。

在古希腊语中，“诗歌”与“智慧”（σοφόζ）、“诗人”与“智者”（σοφιοτηζ）是同一个单词，“σοφίζομαι”（动词形态）的含义就是“成智”“教导”和“作诗”，因此可以推测“诗人”与最早出现的职业教师“智者”之间存在千丝万缕的关系。古风时代的诗歌教育并不仅仅是指一种潜在的文化涵养，而是一种切实存在的、显性的主流教导方式。我们既可以从早期的音乐学校中找到佐证，也可以从阿克曼（Alcman）、萨福（Sappho）等诗人组建的青少年共同体中发现明显的教育痕迹。诗歌教育是古希腊教育的真正开端，也是后来的“智者教育”“修辞教育”的先驱，自始至终贯穿于整个古希腊教育，直至泛希腊化时代。

为了方便后面的阅读，笔者在此先对古风时代的诗歌稍作介绍和分类，从时间、文体（或韵律）、诗人及其作品类型几个方面大致描述古风时代诗歌的风貌。

“古风时代”这一概念其实是后世的历史学家根据重大政治、军事事件对古希腊历史阶段做出的人为划分。通常将古风时代界定为公元前 800 年左右至公元前 480 年左右，即从所谓的黑暗世纪开始到希波战争中薛西斯惨败为止，之后便是古典时代开启。以第二次希波战争的结束作为一个阶段的划分，从政治史或者通史的角度来看是合理的，自此之后，以斯巴达和雅典为核心的政治联盟分别逐渐形成，影响深远。但是，如果从文化史或思想史的角度来看则不然，因为各种理念、习俗、文化载体的形式是并存的、此起彼伏的，所以，很难找到一个明确的时间节点将其截然分开。本书对古风时代诗歌的研究拟将时间略微推后，直至古希腊诗歌的最后巅峰“九大抒情诗人”时代为止。

广义的古希腊诗歌将悲剧与喜剧都划归其中，但本书不将其视作重点研究对象，而只准备在最后部分即阐述诗教式微原因时稍作理论。因为在悲剧和喜剧盛行的时代，智者教育与哲学教育已经逐渐走向前台，诗教已经不如古风时代一支独大，其影响力渐渐消退，甚至其合法性都遭到质疑，最有名的当属柏拉图在《理想国》中所说的“将诗人赶出城邦”的呼吁。所以，本书主要涉及的诗歌类型包括史诗、哀歌和抒情诗。

古希腊诗歌的格律要求较为严格。西方的语言与汉语有极大的差异，所以，在格律方面，古希腊诗歌与中国古典诗词的要求大相径庭。首先，对字数没有要求，汉语一个字一个音，五律就是每行五个字，七律就是每行七个字；西方语言没有字的概念，只有词的概念，一个词的音节长短不一。虽然古希腊诗歌也有“对偶”体裁，但不似中国古典诗词对偶句在字数、字义、词性等方面均有复杂规定。其次，古希腊诗歌没有中国诗词“押韵”与“平仄”的要求。古希腊诗歌不要求押韵，当然也不禁止，但总体来说，不押韵脚；及至近代诗歌如莎士比亚的十四行诗，同样，对韵脚没有要求。“平仄”是西方诗歌中不可能出现的概念，虽然古希腊语中也有重音、滑音等，但在诗歌中同样不作考虑。

那么古希腊诗歌最显著的韵律形式是什么呢？那就是长音与短音的组合。首先分析最常见的史诗体。史诗体是六音步，每行诗歌由六部分组成，每个部分是扬抑抑（长短短）格，标准样式是每句诗的节奏皆为“长短短｜长短短｜长短短｜长短短｜长短短｜长短短”。有时一个长音可以替代两个短音，最后一个音节则可长可短。如《荷马史诗》《伊利亚特》的第一句：

μῆνιν ἄειδε θεὰ Πηληϊάδεω ᾿χιλῆος

（高歌吧，女神！为那佩琉斯之子阿喀琉斯的愤怒！①）

① 古希腊语原文来自 Perseus Digital Library，http：//www. perseus. tufts. edu/hopper/text？ doc = Perseus：text：1999. 01. 0133，2017 年 9 月 23 日。中文翻译依据原文并参照了罗念生、王焕生、陈中梅几家翻译。

μῆνινἄ | ειδε θε | ὰ Πη | ληϊά | δεω 'χι | λῆοϱ
长短短 | 长短短 | 长长 | 长短短 | 长短短 | 长长

除此之外，常见的格还有扬抑抑格、抑扬格等，常见的音步有三音步、四音步、五音步、六音步、七音步、十一音步（六音步+五音步）等。不同诗人一般都有各自擅长的格律，有些诗人甚至被认作某种格律的创始人，但大部分格律的起源其实已经无法考证。

在中国古体诗中，常习惯运用不同的格律来表达不同意境，如“平声平道莫低昂，上声高呼猛烈强，去声分明哀远道，入声短促急收藏。”（明朝释真空《玉钥匙歌诀》）古希腊诗人同样喜欢运用格律来强化诗歌的情感表达，如短音多表急促和尖锐、长音多表达舒缓或悠长。而最容易为人们所忽视的就是诗歌文字背后的音乐了！因为文字虽然能够保存下来，但与之相关的音乐（还有舞蹈）几乎遗失殆尽，这就给人一种错觉，仿佛这些诗歌就是通过朗诵的方式表达出来一般。其实不然，古体诗与音乐一直密不可分，如宋代的词与元代的曲，都有“牌名”，如苏轼的“明月几时有，把酒问青天”——词牌名是《水调歌头》，“大江东去浪淘尽，千古风流人物”——词牌名是“浪淘沙”；还有的词会在词牌后面加上一个题目来表达主题，如《沁园春·雪》《卜算子·咏梅》等。每种词都会有相应的一种或几种曲调，词的创作一般称作“填词”，词填好后，马上就能弹唱出来。不只是诗词有曲调，即使是如《论语》《中庸》之类的经典也不似如今平白地念出来，而是要用“朗诵调”朗读，不然就是一件很突兀甚至没有教养的事情。

古希腊诗歌也同样如此，如抒情诗，其词的原型是“μελικὸϱ”（英文是 lyric，中文意译成抒情诗），原意是配着七弦琴（lyre）弹唱的歌曲（song）。史诗和哀歌的“音乐背景”已经难以考证（史诗应该不配乐，但是否有诵调未知），抒情诗则可以肯定是唱而不是念出来的。

古希腊的诗歌还有一个显著特点，就是其“公众性”。不同类型的诗歌是为不同的场合创作的，如为庆祝酒神节创作的酒神歌、为欢迎奥林匹亚运动会凯旋的冠军创作的颂歌、为纪念阿波罗神创作的赞美诗、为葬礼创作的挽歌，等等。即使是抒发个人情怀的诗歌也是为了在公众场合表演。从表演形式看，可以划分为“合唱”（choral lyric）与“独唱”（monodic lyric）两种：合唱更适合大型公众场所和大型庆典仪式，这是古希腊教育十分独特的方式，青少年为准备每年一度的演出往往需要花费数个月的时间，这也成了他们受教育的重要途径；独唱则适合小一些的团体，如萨福的诗歌教育是为贵族的未婚女子走向婚姻而准备的，这就属于一种“小众”团体了。还有一些独唱体是为贵族的酒会而作，这与大型的公众视野下的诗歌也有明显区分。

为了更清楚地描述古希腊诗歌的概况，本书将古希腊诗歌做了粗略的分类（见表 1）。已有的古希腊诗歌分类都充满争议，本书的分类更经不起严格敲打，只是为了后续行文方便。

表 1　　希腊古风时代诗歌的分类及其代表人物

体裁与格律	实用场所	代表诗人
史诗（Epic） [史诗体（六音步诗 hexameter）]	各种场合	《荷马史诗·伊利亚特》和《奥德赛》 赫西奥德（Hesiod）《工作和时日》《神谱》
挽歌（Elegiac poetry） [挽歌体常用六音步或十一音步，即六音步加五音步（hexameter + pentameter）]	葬礼 酒会与节日	提尔泰奥斯（Tyrtaeus，公元前 7 世纪） 卡里诺斯（Callinus，公元前 7 世纪） 梭伦（Solon，公元前 638 至公元前 558 年） 米姆奈尔摩斯（Mimnermus，创作高峰期，公元前 630 至前 600 年） 泰奥格尼斯（Theognis，公元前 585 至公元前 540 年）

续表

体裁与格律		实用场所	代表诗人
抒情诗（Lyric）（运用各种格律）	Lament; Dirge	葬礼与节日	斯特西克鲁斯（Stesichorus，合唱体为主，公元前7世纪）
	Iambos		阿尔克曼（Alcman，合唱体为主，公元前7世纪）
	Hymenaios	婚礼诗	萨福（Sappho，独唱体为主，公元前7世纪至公元前6世纪）
	Dithyramb	酒神颂歌	巴库利德斯（Bacchylides，合唱体，公元前5世纪）等许多诗人
	Paean	颂歌（主要赞颂阿波罗）	阿尔凯奥斯（Archilocus，独唱体，公元前7世纪至公元前6世纪） 西蒙尼得斯（Simonides，合唱体，公元前6世纪至公元前5世纪）
	Hymn	赞歌（赞颂诸神）	伊比库斯（Ibycus，合唱体，公元前6世纪）等
	Ode	颂歌（赞美奥林匹亚冠军等）	品达（Pindar，合唱体，公元前6世纪至公元前5世纪）等
	Skolion	酒会短歌（宾客轮流吟唱）	阿那克里翁（Anacreon，独唱体，公元前6世纪至公元前5世纪）等许多诗人都有此类作品

本书从“诗教的权柄”着手，分析诗教为何能担负起古风时代的教化重任。首先，古风时代的希腊人深信诗歌代表的是“真理”，诗为神启，诗歌是神的话语，是以《伊利亚特》《奥德赛》《神谱》为代表的史诗能成为希腊人的律法及伦理依据，成为希腊人心目中的共同历史，成为城邦官方认可的确凿事实。其次，诗歌教育包含教育当中的诸多积极因素：寓教于乐，寓教于生活，以经典文本为教材，集文字、旋律和舞蹈（多为战舞）于一体，引人入胜，其教育效果自然显著，许多方面确实为现代教育难以企及。

古风时代，诗教在三百年的变迁中，其理念有蜕变，也有分化，但始终有一条隐形的主线深藏其中，本书第三章从教谕诗的角度分析了古风时代诗教理念变迁的主要脉络。

要真正了解古风时代的诗教，仅有理念分析是不够的，我们还需要知道它们到底做了什么？又到底是怎么做的？本书第四章力图描绘古希腊的教育实践，这部分的研究颇具挑战，因为古希腊存留下来的相关作品大都从宏观视野或是哲学层面入手，更倾向于思想层面，实践操作部分不得不从字里行间去寻找，甚至去揣测。另一难处就是，古风文明与中华文明大相径庭，古风时代的诗教更是与现代教育完全不同，现代的东方式惯性思维经常在不经意间对研究造成干扰，这种视角的调整与矫正着实花费了好几年时间。古风时代的诗歌教育可以说与生活密切相关，无所不在。所以，笔者对诗教的实践研究也选择从诗教发生的主要场域着手，包括蒙学阶段和儿童成长阶段的家庭诗教、由著名诗人带领的“私教圈子”、制度化的城邦合唱团、夜间贵族休闲场合的会饮等。

诗教既然能担当孕育希腊文明的重任，且古风时代圣贤辈出，何以后来却为智者教育和哲学教育所挤轧呢？诗教的没落与尼采分析悲剧的没落路径如出一辙，悲剧是“自我灭亡”，诗歌也是如此，悲剧的没落就是诗歌式微的象征。对此，古希腊人认识非常清楚，阿里斯托芬的喜剧就对此进行了辛辣的剖析。本书第五章较为详尽地分析了诗教没落并最终为智者的“艺”学所替代的原因和过程。

要理解诗教须先理解诗歌，理解诗歌最直接的方法自然是了解诗人自身对诗歌的理解，他们如何理解诗歌就会如何创作诗歌，诗歌本身就道出了诗人内心真正的想法。简言之，“诗歌能对自身做出解释”。诗歌本身就是人类情感意念最强烈的体现。子曰，“唯乐不可伪”，每个人都无法将自己真正的品质、品位掩饰在集文字、韵律和舞蹈为一体的诗歌之中，尤其是那些动人心魄的经典名篇。诗人对诗歌的解读一般通过两种途径：一是隐藏在诗文的字里行间，或是不同的诗歌体裁和诗文韵律之中；二是诗人对诗歌进行直截了当的评述。古风时代的诗人不仅创作诗歌、表演诗歌，还因为生活在一个诗歌的世界中而难以抑制地经常对诗歌本身进行品评，虽然不如后世之文学评论那般系统、严谨，但往往更加生动、明晰且更有说服力。本书主要涉及的诗人有荷马和赫西奥德（Hesiod），他们是史诗的代表，是古希腊诗歌的基石，同时也是无法绕过的两座巨峰。《荷马史诗》被称作古希腊的圣经，赫西奥德被称作“教谕诗之父”。他们的诗歌是古希腊精神的典型代表，教化了一代代的城邦公民。挽歌体的诗人主要有被视作斯巴达精神代表人物的提尔泰奥斯（Tyrtaeus）、雅典城邦的立法者梭伦（Solon），还有充满争议的卡里诺斯（Callinus）、米姆奈尔摩斯（Mimnermus）、泰奥格尼斯（Theognis）等。接下来，则是抒情诗人的时代，本书以亚历山大学派推崇的九大抒情诗人（The Nine Lyric）为主，分别是阿尔克曼（Alcman of Sparta）、萨福（Sappho of Lesbos）、阿尔凯奥斯（Alcaeus of Mytilene）、阿那克里翁（Anacreon of Teos）、斯特西克鲁斯（Stesichorus of Himera）、伊比库斯（Ibycus of Rhegium）、西蒙德尼斯（Simonides of Ceos）、巴库利德斯（Bacchylides of Ceos）和品达（Pindar of Thebes）。

总的来说，本书将立足于古希腊文献本身，主要展现古希腊人自身对诗歌及其教育的态度，不过，多数采用后世的评述。尽管有些观点荒谬怪诞，类似无稽之谈，但仍要尽量站在古希腊人的角度进行思考，这样，才能真正理解这种教育。毕竟是诗歌文化开启了古希腊文明，并奠定了西方文明的基调，我们理解为幼稚天真的观点也许正是其精华之处，只有怀着一颗谦卑的心，放下现代人的狂妄，才能真正了解那一段璀璨的文明。

第一章　诗教的权柄

一个时代将整个文化体系依托于诗歌，这似乎有些不可思议。诗歌一般用来言志咏物，但是，如果民族历史、城邦律法和科学知识也是通过诗歌，甚至只通过诗歌来记载，而且通常还要配以旋律与舞蹈，这就不同凡响了。整个希腊古风时代代，恰恰就是在这样的诗歌世界中成长起来，并孕育出辉煌的古典文明的，那一大群卓越的思想家无一不精通诗歌格律、曲调以及与之相配的舞步。柏拉图和亚里士多德都有大量关于音乐和舞蹈的专门著述，并将其直接与人的理性和城邦发展关联起来。因此，不得不问一个问题：诗歌何以能教化一代又一代的希腊人呢？诗教的力量究竟源自何处呢？

第一节　诗为神启

《荷马史诗·伊利亚特》在第一句即开宗明义："高歌吧！女神！"[①] 赫西奥德《神谱》的开篇也是"高歌吧！（我们从）从赫利孔的缪斯开始"。[②] 熟悉这两部作品的人都清楚地知道，这些"高歌的缪斯女神"并不是诗歌的主角，她既没有在《伊利亚特》人神混战的特洛伊战争中卷入任何纷争，也未在《神谱》的奥林匹克诸神

---

① 本书中《伊利亚特》《奥德赛》以及赫西奥德的《工作与时日·神谱》的古希腊原文均引自 perseus Digital Library 专业研究网站，http：//www. perseus. tufts. edu/hopper/。

② 原文是 μουσάων（缪斯）'λικωνιάδων（在赫利孔居住的）άρχώμεθ（首先）άεI δειν（歌唱）。

谱系中占有显赫地位。但赫西奥德却在《神谱》中明确指出："诗歌在开篇和结尾处都要歌唱缪斯"（《神谱》34—35）。[①] 泰奥格尼斯说："我的主啊，勒托的儿子，宙斯的孩儿（指阿波罗），我从未忘记在诗的开篇和结尾之处歌颂你，不，不仅是开篇和结尾，我在诗中也要歌颂你。"[②]

一　诗中的真理

这是希腊古风时代诗歌非常关键之处，这直接关系到诗歌的地位以及诗人社会角色的重要性。对希腊古风时代的诗人来说，"创作诗歌"是一个不严谨甚至是有些荒谬的概念——诗歌不能说是诗人"创作"出来的。根据诗人们的自述，他们并不是自己作品的真正作者，真正的作者是奥林匹亚众神，其中，最重要的当然是司掌文艺的缪斯女神了。神明是借诗人之口和诗人之琴来表达自己的心意。

这些神在古希腊人心中不是文学作品中的人物，而是现实世界的重要组成部分；奥林匹亚众神是城邦和家族的主要依靠，是生活秩序的制定者和是非的断定者，是古希腊人平安与欢乐的缘由，同时也是他们战争与苦难的源头。对古希腊人来说，绝不会"置身事外"地从旁观者的角度来审视自己的信仰，因为对他们来说没有"宗教"的概念，没有人会去质疑"神"的存在，这种思考本身就是亵渎神灵，不可饶恕。因此，"诗歌在开篇和结尾处都要歌唱缪斯"不是一句可有可无的套话，而是诗歌的根基了。

正因为诗歌源于"神授"，真正的作者是诗人身后的众神，所以，这种神圣性也使诗歌本身具有高度权威。诗人之所以才华横溢也是因为得到神明青睐的缘故，他们能与神直接沟通，能按照神的

---

① 原文是 σφᾶζ（她们）δ' αὐτὰζ（自己）πρῶτόν（开始）τε καὶ（和）ὕστατον（结束）αἰὲν（总是）ἀείδειν（歌唱）。

② Theognis, "Elegiac Poems Book I", in Douglas E. Gerber eds., *Greek Elegiac Poetry: From the Seventh to the Fifth*, LOEB, Harvard University Press, 1999, p. 175 (line1 -4).

旨意向人们讲述真理，诗人也因此拥有崇高地位。诗歌阐述的“真理”和“事实”具有高度合法性，这正是诗歌在希腊古风时代的教化基础。

还以《荷马史诗》为例，奥德修斯对歌手得摩多科斯说：

……歌唱木马的故事
那是由埃佩奥斯在雅典娜帮助下制造
神样的奥德修斯把那匹计谋马送进城，
里面藏着许多的英雄，摧毁了伊利昂。
如果你能把这一切也为我详细歌唱，
那我会立即向所有的世人郑重传告，
是善惠的神明使你唱歌如此美妙。（8：490—495）①

得摩多科斯将木马计的故事娓娓道来，奥德修斯听后赞叹道：

能听到这样的歌人吟咏真是太幸运，
他的歌声娓娓动听，如神明们吟咏。（9：4—5）②

在中国读者眼中，这部行文优美、人物细腻、故事曲折跌宕的优秀文学作品是极具想象力的神话故事，但对古风时代的希腊人来说，《荷马史诗》的价值远不止于此。《伊利亚特》和《奥德赛》被称作“希腊人的圣经”，是希腊最有影响和权威的文献，是人们道德行为和处理日常事务的依据。曾有这样一则趣事：雅典与麦加拉因萨拉米斯的归属产生了争执，他们找到斯巴达来进行仲裁，斯巴达人的结论是萨拉米斯属于雅典，原因很简单，因为在《伊利亚特》中的战船一节，萨拉米斯紧紧跟在雅典之后，所以，萨拉米斯

---

① ［古希腊］荷马：《奥德赛》，王焕生译，人民文学出版社 1997 年版，第 148、152 页。

② 同上书，第 152 页。

应当归属雅典，而麦加拉最后竟然也无可奈何地接受了这个裁定。虽然这种处理方式现在看来有点“简单粗暴”，但由此我们可以意识到这部作品绝不仅仅是经典文学著作，而是影响巨大的民族圣典。

《荷马史诗》和《神谱》的超然地位从何而来？正如之前所说，史诗开篇即高呼缪斯女神，诗篇的权威正是来源于在希腊社会中地位最高的奥林匹亚众神。这是古希腊文明与中国古典文明大不相同之处。在我们的传统中，中央集权是政治常态，“皇权”才是最高权威。“神”一直是个摇摆不定、言说不清的概念。“天”与“道”之类的概念贯穿古今，但始终未在实践中被供奉到最高地位。“子不语乱力怪神”，这代表了中国士大夫的基本态度。同时，我们也无法在中华本土文明中疏理出稳定的关于神的话语或理论体系。即使在佛教、道教最兴盛的时期，其地位的确定也要依靠帝王的恩典。神如果不是最高权威，其地位其实颇为尴尬。因此，在中国的文学作品中，“神”的位置忽高忽低，忽上忽下，常为点缀、修辞，或是作为故事角色。

而在古风时代，奥林匹亚众神对希腊人而言并不是一个抽象的哲学或神学概念，也不是高高在上俯视众生、“以万物为刍狗”的绝对的“道”。在古风时代，希腊人认为，奥林匹亚神是有实体的，与自己共同生活在一起，这就像山川河流、日月星辰一般自然而然。人们相信神的启示、神的奇迹，相信神会根据自己的喜好予人恩赐，比如给诗人作诗的才能，或者告诉诗人一些凡人智慧所无法企及的事情。而这些诗歌本身的不凡也处处彰显其超越普通大众之处，更让那个时代的希腊人深信这些诗歌出于缪斯女神的恩赐。

所以，《荷马史诗》和《神谱》开篇歌颂缪斯女神，不仅是致敬和颂扬，更重要的是，宣示和为自己的诗歌定位：这些诗歌是神的话语，它讲述的是无可置疑的“事实”和“真理”，大家需要着尊重，用心聆听。不仅仅是这两篇最重要的史诗，其他古风时代的诗歌作品同样也颇具“神性”。如泰奥格尼（Theogins）声称，自己是“缪斯的仆人和使者”[1]；梭伦说过，诗人都是“通过奥林匹亚缪斯的恩赐，精于这美好技艺”。[2]

古风时代，很少有人质疑这些诗人话语的真实性，“灵感”一词的原意就是神的启示。诸神眷顾自己喜爱的诗人，赐给他们灵感以创作美好诗歌来荣耀自己，或者借诗人之口来表达己念，这是多么合理的事情啊！诗人在诗歌中会非常细腻地表述与神的沟通，生动地再现神在他们身上的作为，让人很难去怀疑这样一群卓越的精英会集体撒谎。

非常有趣的是，不仅早期希腊人对此深信不疑，一些当代的西方学者在某种程度上竟然也相信诗人所说的这些经历真实存在，也认为这些神真的存在并且赐予了诗人灵感。Bruno Gentili 认为：“批评家们经常错误地将其认为是一种寓言或是修辞方式”；K. Latte 更为明确地说：“赫西奥德《神谱》中记录的缪斯在赫利孔山并不是试图作为诗歌灵感来源的寓言，而是诗人叙述自己的切身经历。沿着这一思路，所有出现在古风时代和古典时代的直接或间接引用的这种经验就都能被解释了。”[3] 这个主题一直是争论不休的话题，不管是之后的希腊古典时期或者是当代学者，不同的时代会偏向不同的重心，但从未真正取得一致结论。但可以明确一点，如果诗人所描述的神的作为是事实，那么理解古希腊诗歌就真的简单了很多！

二 缪斯的恩赐

“诗为神启”不是一个简单的观念，赫西奥德的《神谱》开篇中最具影响也最具争议的几句诗歌可以做出更为细致的诠释。

---

① Theognis, "Elegiac Poems Book I", in Douglas E. Gerber eds., *Greek Elegiac Poetry: From the Seventh to the Fifth*, LOEB, Harvard University Press, 1999, p. 285 (line769).

② Stobaeus, "Antholgy (A)", in Douglas E. Gerber eds., *Greek Elegiac Poetry: From the Seventh to the Fifth*, LOEB, Harvard University Press, 1999, p. 133 (line51 - 52).

③ Bruno Gentili, *Poetry and Its Public in Ancient Greece: From Homer to the Fifth Century*, Translated by A. Thomas Cole, Johns Hopkins University Press, Reprint, 1990, p. 78.

曾经有一天，当赫西奥德正在神圣的赫利孔山下放牧羊群的时候，缪斯教给他一支荣耀的歌。也正是这些女神——神盾持有者宙斯之女，奥林波斯的缪斯，曾对我说出如下的话，我是听到这话的第一人："荒野里的牧人，只知吃喝不知羞耻的家伙，我们知道如何把许多虚构的故事说得像真的，但是如果我们愿意，我们也知道如何述说真事。"①

短短十余行诗歌所包含的信息极为丰富。首先，作者赫西奥德被缪斯女神称作是"荒野里的牧人，只知吃喝不知羞耻的家伙"，为什么缪斯女神要这样评论被她们选中的幸运者呢？诗歌表达了这样几层意思：没有得到女神恩赐的人就如荒野中的兽类一样，他们既不能也不需要用语言来表达什么，只知道吃喝果腹，维持低级的生存状态；然而，得到女神恩赐的人则完全不同，即使是这样一个懵懂愚昧的平凡人也能马上"从嘴唇里流出甜美的歌声，令人百听不厌"，甚至万世传扬，这就是神的大能！没有诗人解释过为什么他们能得到诸神的恩赐，为什么神选中的是他们而不是其他人。从诗人的背景来看，那些称颂奥林匹亚众神的诗人没有高度一致之处，既无关身份与地位，也无关道德与才能，神明的选择也许只是随意为之，这非常符合古希腊神话中诸神随心所欲的个性，他们想选中谁就选中谁，这也更彰显神的大能！可能从缪斯女神的角度来看，凡俗的世人，不管其身份地位、才华品质如何，若未能得到某位神明的青睐，他们和荒野中只知道饱腹的牧羊人其实并无差别，因为神的能力是普通人无法企及的。

缪斯女神选择了赫西奥德，"教给他一支荣耀的歌"，这支歌指的就是《神谱》这一作品，能歌颂神的谱系是极为荣耀的事情，所以，这是"一支荣耀的歌"。重点是"教"这个词，再次重复了诗

---

① ［古希腊］赫西俄德：《工作与时日·神谱》，张竹明、蒋平译，商务印书馆1991年版，第26—27页（第20—30行）。

歌的权威性。这支歌不属于人间，而是来自神的教导，如果没有女神的教导，人无法得知“万物的法则和不朽众神的美好生活”。[1] 人不仅无法得知神界的事情，即使对人类历史上发生的事情也无法掌握。例如，《伊利亚特》第二卷的战船部分，诗人详细列出10万希腊联军以及1013艘战船是如何由希腊各个部落组成的，诗人自己根本无法获知如此详细的船只和士兵清单，除非缪斯女神告诉他。

居住在奥林匹亚山的缪斯女神啊，
你们是天神，当时在场，知道一切，
我们只听到传闻，不知实情，请告诉我们，
谁是达那奥斯人的将领，谁是主上，
至于普通士兵，我说不清，叫不出名字，
即使我有十根舌头，十张嘴巴，
永不疲倦的声音，一颗铜心也不行，
除非奥林匹亚的文艺女神，提大盾的宙斯的
女儿们提醒我有多少战士来到伊里昂。[2]

九大抒情诗人之一的伊比库斯（Ibycus）也以此为证说明神的启示[3]：“没有凡人能讲述这个巨大的船队从奥利斯港湾（Aulis）穿越爱琴海来到特洛伊的每个细节。”只有当“一种神圣的声音吹进我的心扉”，才能“歌唱将来的和过去的事情”。此处“吹”这一动词要特别提出来分析。在许多创世理论中都有神把灵气吹入人体，于是赋予了人之特殊灵性的情节。如《旧约·创世纪》第二章第七节“神用地上的尘土造人，将生气吹在他的鼻孔里。他就成了有灵的活人，

① ［古希腊］赫西俄德：《工作与时日·神谱》，张竹明、蒋平译，商务印书馆1991年版，第29页（第66行）。

② ［古希腊］荷马：《奥德赛》第2卷，王焕生译，人民文学出版社1997年版，第43页（第484—492行）。

③ Ibycus, “Fragments”, in David A. Campbell eds., *Greek Lyric: Stesichorus, Ibycus, Simonides and Others v.* 3. LOEB, Harvard University Press, 1991, p. 223 (line20－25).

名叫亚当”。在中国的女娲泥土造人的传说中，同样有吹气这一情节。英语中的Inspire（启示、灵感）原意就是“把气吹入”的意思。

缪斯女神的父亲是宙斯，母亲是记忆女神谟涅摩绪涅（Μνημοσυνη，该词本身就有记忆的意思），缪斯女神司掌“文艺”（Art）一职合情合理，由缪斯来告诉诗人“事实”也因此有了权威性。如品达在颂歌六①中所说，“神圣的缪斯，你知道所有的事情——因着你的父亲雷神宙斯和母亲记忆女神，你有特权”。所以，在诗歌开篇歌颂缪斯女神，就将诗歌本身从文艺作品提升到“真理”的高度。诗歌讲述的是真理，而且是直接从缪斯女神那里得到的“授权”，所以具备了教化的首要功能。

以上诗文中最受争议的一句是“我们知道如何把许多虚构的故事说得像真的，但是，如果我们愿意，我们也知道如何述说真事”，这几行文字给诗歌自身埋下了一个极大的隐患，成为日后饱受攻击的焦点。即使奥林匹亚众神真的存在，即使诗人都如实地表述了神明教授给他们的事情，谁又能知道这些是真是假呢？对这个无法回避的问题，我们将在诗教的没落这一章节中展开详细论述。我们暂且按照古风时代希腊人的主流思路，相信荷马和赫西奥德的讲述，相信他们所说的都是缪斯女神告诉他们的真实的事情。

三 “君尊”的诗人

《神谱》中诗人继续说道：

> 伟大的宙斯的能言善辩的女儿们说完这话，便从一颗粗壮的月桂枝②上摘给我一根奇妙的树枝，并把一种神圣的声音吹进我的心

---

① Pindar，“PAENA 6”，in William H. Race eds.，*PINDAR II*，LOEB，Harvard University Press，1997，p. 263（line 56－59）.

② 有些中文版本翻译为橄榄枝，不太妥当。原文是月桂枝 δάφνηϱ，这个树枝的种类并非无关紧要，因为月桂枝是阿波罗的象征，阿波罗是世间国王权柄的管理者，这与后文中诗人地位的说明关系密切。

扉，让我歌唱将来的和过去的事情。[①]

缪斯女神将“真理”授权给诗人，但这还不够，接着女神“便从一颗粗壮的月桂树上摘给我一根奇妙的树枝”，这不是普通的枝条，月桂树是阿波罗神的象征，阿波罗作为传说中宙斯的继承者，代表的是官方、正统与王权。古希腊各个城邦的重大事件都要到德尔菲神庙祈祷再做出抉择，而德尔菲神庙供奉的就是阿波罗神，所以，这个树枝代表的是缪斯女神授予诗人的权杖。权杖作为西方文化象征权力的重要符号经常出现，如埃及法老手持的权杖；又如《圣经·旧约》中上帝赐给先知摩西的也是一柄权杖，摩西用它大展神迹奇事，带领犹太人走出埃及，在迦南美地建立了国家。在现代西方的一些魔幻文学作品中，权杖常常成为权力的道具。但是，在古希腊，只有两种人可以手持权杖：一是代表世俗最高权力的巴西琉斯[②]（领主、国王）；二是吟诵史诗的游吟诗人。缪斯女神在这里赐给赫西奥德月桂枝也意味着赐给诗人人间的权柄。

在古希腊众多出土的陶器上，游吟诗人总是手中持杖，这是他们特有的形象特征。吟诵史诗的游吟诗人有他们专门的称呼“Rhapsode”——专门的一个行当，衣着光鲜，前呼后拥，从一个城市到另一个城市，四处吟诵讲解《荷马史诗》。在稍后一段时期的陶器中，教师也是手中持杖，或者是将杖倚放在椅子旁边，这象征着诗人教化的权力。一系列证据可以证明，史诗的游吟诗人慢慢地成为一方教化力量，其身份兼具后世的教师一职。

但是，《神谱》接下来似乎开始小小地“跑题”，突然说起了人世间的国王（巴西琉斯）：

伟大宙斯的女儿们尊重宙斯抚育下成长的任何一位巴西琉斯，

① 翻译参考张竹明、蒋平译《工作与时日·神谱》（1991 年版）。

② 巴西琉斯类似于领主、主，相当于英文中的 Lord，如《荷马史诗》中的阿伽门农和阿喀琉斯都是巴西琉斯，常翻译为国王。

看着他们出生，让他们允吸甘露，赐予他们优美的言辞。当他们公正地审理争端时，所有的人民都注视着他们，即使事情很大，他们也能用恰当的话语做出机智的裁决。因此，巴西流斯是智慧的。当人民在群众大会上受到错误引导时，他们和和气气地劝说，能轻易地拨正讨论问题的方向。①

《神谱》不是关于人间领袖的篇章，而且整个作品中巴西琉斯也只是昙花一现。所以，从表面上看，诗人在这里突然提及巴西琉斯有些突兀。其实，这只是一个类比，是对诗人地位的一个提升，缪斯女神赐给诗人的不仅有卓越的才华，还有人间的权势，就如女神赐给巴西琉斯们的也不仅仅是权势，还有卓越才华，这种一致性地将诗人的地位提升为类似于人间的“王者”。这与柏拉图的《理想国》中的“哲学王”也有默契之处：最有才华的人和民众领袖是同一群体，他们的才华不仅证明他们理当获得尊贵地位，同时他们也有能力引领人民、教化人民。巴西琉斯们拥有的禀赋，如“优美的言辞”“恰当的言语”“公正”“机智”“和和气气”以及“轻易地拨正讨论问题的方向”，正是诗人多多少少应当具有的品质。

这不能说只是美好的设想，因为在古希腊的各个阶段都会出现这样的典型代表。如古风时代的梭伦，公民领袖和诗人身份的重叠在他身上得到了完美的体现。作为雅典民主政治的奠基人、“古希腊七贤”之一的梭伦同时也是挽歌体的代表人物。他在题为《萨拉米斯》② 的诗歌中说：“……我来自美丽的萨拉米斯的报信人，用言辞优美的一首诗歌来替代我的讲话……”这是一首长诗，其背景是雅典城邦与麦加拉城邦为争夺萨拉米斯的所有权进行了长期艰苦的征战，败多胜少，因此，雅典通过了一项法律，未来没有人可以书

① ［古希腊］赫西俄德：《工作与时日·神谱》，张竹明、蒋平译，商务印书馆 1991 年版，第 29—30 页（第 80—90 行）。

② Plutarch, “life of solon”, in Douglas E. Gerber eds. , *Greek Elegiac Poetry: From the Seventh to the Fifth*, LOEB, Harvard University Press, 1999, p. 109.

面或口头再挑起萨拉米斯的战争，否则就会被处死。梭伦难以忍受这一耻辱，当他发现许多年轻人想重新征战却因这条法律缺乏勇气时，他偷偷地写了这首诗，反复背诵，然后突然冲进集市，当一大群人聚集后，他登上传令官的位置（一块石头）背诵这首诗歌。普鲁塔克说，这首诗达到了预期效果，这项法律被废除了，梭伦被选举为执行官，萨拉米斯被攻陷。

作为伟大诗人的梭伦也是伟大的领袖，他有非常的智慧和勇气，能恰当地使用“优美的言辞”“和和气气”，能“轻易地拨正讨论问题的方向”，正是《神谱》中诗人与巴西琉斯影像的重叠。至此，我们可以清楚地了解古风时代诗人与诗歌不同凡响的地位，这正是古风时代诗歌能成为教化之源的重要基础。

第二节　神爱诗人

所有生于大地的凡人都对歌者
无比尊重，深怀敬意，因为缪斯
教会他们歌唱，眷爱歌者这一族。（《奥德赛》卷 8：476—480）①

不只是两位史诗巨匠有与奥林匹亚众神沟通的殊荣，古风时代，几乎所有大诗人都曾讲述过他们和神的“美好关系”。他们共同称颂的是司掌文艺之职的缪斯女神，但除此之外，不同风格的诗人或者同一位诗人在不同场合吟诵，他们会与某种个性适宜或“职位”②匹配的神明格外亲近。如歌颂爱情的诗歌一般会有爱美神阿佛洛狄

① ［古希腊］荷马：《奥德赛》，王焕生译，人民文学出版社 1997 年版，第 147 页（第 476—480 行）。

② 奥林匹亚众神有不同的“管辖范围”，如文艺女神缪斯、农神得墨忒耳、战神阿瑞斯等。

忒参与，歌颂战争的则会有战神阿瑞斯出现，大型庆典集会则总是得到太阳神阿波罗或酒神狄奥尼索斯的祝福，这与他们的诗歌所传达的内容密切相关。

奥林匹亚众神对人的青睐似乎各有偏爱。抒情诗人阿尔基洛科斯，作为职业军人，经历了多次战斗，最后，据说战死沙场，所以，他有来自文艺女神缪斯和战神阿瑞斯的双重恩赐。他这样“夸耀”他和神的关系：

我恩亚廉（Enyalian）王是阿瑞斯（战神）的心腹，
我也懂得缪斯美好的恩赐。①

而当场景换做葬礼上特定的浇奠祭酒仪式时，这时，诗人转而求助的则是酒神狄奥尼索斯②：

我知道如何成为我主酒神这美好诗歌的领唱，
我的才智随着酒喷薄而出。

梭伦在不同场合称颂的神明也不相同。在比较庄严正式的场合，如在保存最为完整、最具影响且详细地表达了梭伦的伦理观和政治观的一首诗歌中，他开篇依旧是中规中矩地称颂缪斯女神③：

记忆女神和奥林匹亚宙斯杰出的女儿，
皮埃利亚的缪斯，请静听我的祷告。

---

① William Harris, “Archilochus First Poet after Homer”, p. 8, http://community. middlebury. edu/ ~ harris/Archilochus. pdf, 20160812.

② Ibid., pp. 6, 16.

③ Stobaeus, “Antholgy”, in Douglas E. Gerber eds., *Greek Elegiac Poetry: From the Seventh to the Fifth*, LOEB, Harvard University Press, 1999, p. 129 (line 1 - 3).

但当转而歌唱爱情与生活时，他这样说[①]：

现在那生于塞浦路斯的（梭伦的爱人）
还有酒神和缪斯女神的作品是我所爱
他们给人带来喜悦。

斯特西克鲁斯（Stesichorus）在表达他对战争的厌恶与对和平的向往时也是中规中矩地求助缪斯女神[②]，但他把自己称作是缪斯的朋友：

缪斯，推开战争吧，与我共舞，你的朋友。

他在一首轻松愉快地描写春天的诗歌中这样写道[③]：

一头秀发的格雷斯女神值得大家公开赞颂，
在春天来临之际温柔地找出一个弗里吉亚的旋律……

最让人印象深刻的是女诗人萨福与美爱神阿佛洛狄忒的亲密关系。萨福作为九大抒情诗人中唯一的女性，她的诗歌主要是为未出阁的贵族少女而作，风格浪漫清新。这与阿佛洛狄忒女神的气质完全一致，而萨福从阿佛洛狄忒得到的不只是才华上的赐福，还有更加深层次的亲密友谊。在萨福最著名的诗歌《致阿佛洛狄忒》中，她向女神祈求能让她爱慕的情人回心转意[④]：

---

① Solon, "Fragment 26", in Douglas E. Gerber eds., *Greek Elegiac Poetry*: *From the Seventh to the Fifth*, LOEB. Harvard University Press, 1999, p. 147.

② Stesichorus, "Frag. 210", in David A. Campbel eds., *Greek Lyric*: *Stesichorus*, *Ibycus*, *Simonides and Others v.* 3. LOEB., Harvard University Press, 1991, p. 127.

③ Ibid..

④ Franco Ferrari, *Sappho's Gift*: *The Poet and Her Community*, Translated by Benjamin Acosta - Hughes, Lucia Prauscello, Michigan Classical Press, 2009, pp. 161 - 162.

坐在巧夺天工宝座上的、神圣的阿佛洛狄忒，
宙斯的女儿，诡计的编织者，我祈求你：
不要用疼痛和折磨来制服，
我的心（第1—4行）
快来这里，曾经你远远听到我的声音和祈求就会来到。（第7—8行）

这种呼求不是传统的祭祀或者祷告，而是请求女神亲自来安抚诗人的哀痛。很快诗人得偿所愿，阿佛洛狄忒女神急速降临，“他们急速而来（女神和她的乘车）”，微笑着，带着宠溺的口吻劝慰诗人：

至福的你啊
微笑浮现在你永生的面容，
问我又为何痛苦，又为何
再次向你呼求？（第13—16行）

诗人反复向女神述说着心中的不安与渴望，不是一般的凡人向高高在上的神明的祷告，而更像是亲密伙伴间的细细倾吐。

再来我这吧，将我从痛苦
焦虑释放，我心渴望的
让它实现吧。
你是我的战友。（第25—28行）

“萨福、阿那克里翁或其他诗人都常在颂诗中呼唤神，呼唤的过程可能相当漫长。我们经常在萨福和阿尔克曼诗中发现：诗人从不同的地方，如高山、河流或是城市里召唤阿尔忒弥斯，还在塞浦

路斯、叙利亚和其他许多地方召唤阿佛洛狄忒。另外，还有水滨、青草地，举行舞会的河边等；同样，如果他们从神庙呼唤神，这个过程就会相应加长（颂歌会更庄重正式）。”①这些神当然不是供诗人差遣的仆役，而是因为诗人和众神的美好关系，应着诗人在歌声中情深意切或谦逊卑微的祈求，才屈尊降贵地来到人间。这不是普通人力所能及，也不是普通人能享有的尊荣，凭借这份神的“宠爱”，诗人和他们的诗歌才得到希腊人的更进一步认可与推崇。

第三节 人与神：渐行渐远

既然诗人与奥林匹亚众神关系如此密切，那么作诗到底是天赋，还是可以学习的技巧呢？对这个问题的回答，随着时光的推移而变得多样化。总的来说，基本上有这样几种观点：一是诗为神启。众神直接将诗歌教授给诗人，借诗人之口表述出来，真正的诗不是人的作品，而是神的作品，自然作诗是不可教的。二是天赋才华。神赐给诗人才华，让诗人拥有作诗的能力。诗人通过这种天赋能力可以创作诗歌，但这种才华是他个人从神那里得到的恩赐，无法教导给他人，这种能力无法转移，所以，真正的创作仍不可教。三是作诗有技巧，可以学会。诗歌创作有一定的技巧，可以通过发现技巧并反复练习，从而精通诗歌创作，而且这种技巧不管从何而来，都是可以传授和习得的。史诗时代，希腊人基本信奉第一种观点；随着古希腊文化多元发展，人们对神的虔敬逐渐消退，诗歌的“神性”同样逐渐减少，而“人”的作用逐渐增强。当诗歌不是来源于“神”而是来源于“人”时，诗教就不仅仅是内容，而更多的是技巧了。

---

① Menander, “On Display Oratory”, in David A. Campbell eds., *Greek Lyric I: Sappho and Aclaeus*, LOEB, Harvard University Press, 1982, p. 41.

赫西奥德所持观点明显倾向于第一种，即女神直接将诗歌放至诗人心中，所以，诗人是一个荣耀的代言人。此外，巴门尼德也持同样的观点。在《真理篇·残篇2》中，正义女神对他说①：

来吧，让我告诉你，而你要谛听并传扬我的话，
只有哪些探寻之路是可以思考的：
一条路——它存在，它不可能不存在，
这是皈依之路（因为它伴随着真理）……

在这里，巴门尼德和赫西奥德基本一致，他们说的是“神”的直接教导，这些不是世人的智慧所能企及的层次，因此，也具有最高级别的权力。

持这种观点的诗人除了史诗时代并不算多，即使荷马似乎也曾在第一种和第二种观点之间摇摆。比如，在《奥德赛》第1卷中，他这样求助缪斯女神：

女神啊，请为我叙说，那足智多谋的英雄怎样②（卷1：1）
女神啊，宙斯的女儿，请随便从哪里开始。③（卷1：10）
睿智的奥德修斯对德摩多科斯这样说：
“德摩多科斯，我敬你高于一切凡人。
是宙斯的女儿缪斯教会你，或是阿波罗，
非常精妙地歌唱了阿开奥斯人的事迹，
阿开奥斯人的所作所为和承受的苦难，
有如你亲身经历或是听他人叙说。”④（卷8：485—490）

---

① ［古希腊］巴门尼德：《巴门尼德著作〈残篇〉》，大卫·盖普洛英译，李静滢汉译，广西师范大学出版社2011年版，第73—75页。

② ［古希腊］荷马：《奥德赛》，王焕生译，人民文学出版社1997年版，第1页（第1卷，第1行）。

③ 同上，第10行。

④ 同上书，第147页。

这里诗人恳求“神”直接开口告诉他事实，因为自己缺乏这样的能力来了解真相。但在《奥德赛》第22卷中，被强迫为求婚者助兴的歌手费弥奥斯这样祈求道：

奥德修斯，我抱膝请求，开恩可怜我。
如果你竟然把歌颂神明和尘世凡人的
歌人也杀死，你自己日后也会遭不幸。
我自学歌吟技能，神明把各种歌曲
灌输进我的心田，我能像对神明般
对你歌唱，请不要割断我的喉管。①（卷22：340—350）

这里的歌手既有神明的帮助，又有自身的学习，也能运用这种技巧为不同的人演唱。可见，这其中既有“神”的恩赐，又有人对这种恩赐的各种运用。

阿基洛科斯（Archilochus）作为史诗与抒情诗之间的衔接者，他有时也表达了第一种观点：

Αντω τι，Μούσα，προϱ μέσον λάλησον.
我祈求你，缪斯女神啊，对观众说点什么吧。②

很明显，这里的祷告是祈求缪斯女神直接教授诗歌，而不是赐给诗人诗歌创作的才华，诗人仿佛只是一个“媒介”，作用微乎其微，只起着传导的作用。荷马在《奥德赛》第8卷中的观点也类似，歌手（诗人）歌唱的才华是缪斯教导而来。

坚定持这一观点的多为早期史诗诗人。哀歌诗人处于摇摆不定

---

① ［古希腊］荷马：《奥德赛》，王焕生译，人民文学出版社1997年版，第416页（第22卷，第340—350行）。

② William Harris，“Archilochus First Poet after Homer”，p. 20，http：//community. middlebury. edu/ ~ harris/Archilochus. pdf，20160812.

的状态，有时持第一种观点，即诗为神启；有时持第二种观点，即神赐天赋。早期很少有人持第三种观点，即诗歌是一种可以习得的技巧。但是，越是往后，到了抒情诗的时代，第一种观点日渐衰落，而后两种观点则越发主流起来。

品达是持第二种观点的典型代表，即主张才能天赋论。从他的角度来看，诗人创作诗歌的才华就与其他与生俱来的品质一样，是神明的恩赐；就如他的贵族血统一般，即是天赋，就无法通过“教”与“学”的方式来获得，而且品达对此充满了骄傲，并一直致力于维护他的这种骄傲。

因为一切人类成就的途径从神而为，
以及天生聪明的男人，或强有力的手和雄辩的口才。（卷 I：41—42）①

对那些试图通过“学习”来歌唱的人，就如同出生平凡的人想通过学习拥有贵族血统一样徒劳无功，且只留下喧闹与可笑。对此，品达充满了嘲讽：

明智的人是天生就知道甚多，
而学习者是热闹的和啰唆的，
就像一对乌鸦徒劳哭闹，而非宙斯的神鸟。（卷 II：83—92）②

诗人阿尔克曼（Alcman）对自己的创作才华也颇为自得。他在诗中这样说道：“这些歌词和曲调是阿克曼发明”，而且“我精通所

① Pindar，“Pythian I”，in William H. Race eds.，*PindarI*，LOEB，Harvard University Press，2012，p. 4（line 41 –43）.

② Ibid.，p. 72（line 83 –92）.

有鸟的曲调”。[①] 从诗人诗歌一贯的风格和前后文来看，他这里的自夸并非摒弃神并炫耀自身才能，而是夸耀自己得到神的特别祝福而拥有了与众不同的天赋。

“诗为神启”与“神赐天赋”看上去都是来自诸神的恩赐和厚爱，但仔细品味就会发现这两者之间其实大有不同。对于前者，诗人自身的光彩在神强烈的光芒对比之下似乎有些暗淡，但他是“神”的代言人，他的言语都是传达“神”的旨意，这些诗歌具有绝对权威。而那些“神赐才华”的诗人则只是凭借自己的天分而创作自己喜爱的诗歌，这些诗歌不再是出于神的授意，而是诗人自身的好恶，诗歌的权威下降，甚至连讲述的内容也不再那么值得信赖。科琳娜（Corinna）作为师长在劝导品达时说：“真正的诗歌是引入神的话”[②]，事实证明，品达似乎并未听到心里去。当然，以他不可一世的个性以及后来如日中天的地位，又如何能够放弃这种天赋、放下身段来讲述“他人”的话呢？

“品达们”因为自己能对诗歌体裁和内容进行裁度与创造，就理所当然地认为所有诗人都是如此。不是“神”的话语的直接结果就是同一时代诗人之间的批评与挖苦甚至攻讦此伏彼起。他们还把矛头指向前辈，如品达一边标榜自己：“我述说了许多主题，没有铸造任何虚假”（卷Ⅰ：18）[③]，一边质疑荷马言过其实，认为荷马是在滥用才华，曲解神意[④]：

我相信奥德修斯

---

① Alcman，“Fragment 39”，in David A. Campbell eds.，*Greek Lyric*：*Anacreontea – Choral Lyric from Olympus to Alcman v.* 2，LOEB，Harvard University Press，2012，p. 425.

② Plutarch，“On the Glory of Athens”，in David A. Campbell eds.，*Greek Lyric*：*Bacchylides*，*Corinna and Others v.* 4，LOEB，Harvard University Press，1992，reprinted 2006，p. 19.

③ Pindar，“NEMEAN I”，in William H. Race eds.，*PindarII.* LOEB，Harvard University Press，1997，p. 7（line118）.

④ Pindar，“NEMEAN VII”，in William H. Race eds.，PindarII. LOEB，Harvard University Press，1997，p. 70（line16 – 24）.

变得伟大，超过实际遭遇，
因为荷马的甜美诗句，
因为在他伟大的权威上有虚构与高超技巧，
他的技巧下的故事
带着误导与蒙骗。
多数人都只有盲目的心，因为他们看不见真理。（卷 VII：11—24）

在另外一首诗歌中，品达继续说道①：

是的，奇迹很多，但一样，我认为，在人的谈话中
故事点缀超越了真实述说，
欺骗借助于
精心设计的谎言，
因为美惠女神，改变所有东西让凡人愉快，
通过赐予荣誉使得不可思议的被相信。（卷 I：28—34）

持品达同样观点的古希腊诗人及学者不在少数，伟大诗人的杰出才华只能出于“神”的美意，但他们同时也认为，诗人开始滥用才华。诗歌不再直接是“神”的话语，“人”的成分逐渐增加，诗歌的权威受到了挑战。

“品达们”认为，普通人可以学习创作诗歌，但是，无法达到某种高度。有些诗人仍然觉得不够，他们要把“人”的地位进一步上扬。随着古风时代往古典时代迈进，我们可以发现一种趋势：诗歌的神圣性进一步减少，人的作用则步步上升。如诗人巴库利德斯（Bacchylides）说，虽然“发现未曾言说的诗的大门，并非易事”，

① Pindar, “OLYMPIAN I”, in William H. Race eds., *PindarI*, LOEB, Harvard University Press, 2012, p. 49 (line 28 - 34).

但是，“一人从他人得到技能，现今亦如旧时代”[①]，这明显是对品达言论的反驳，也就是说，虽然掌握诗歌创作技巧创作新诗很不容易，但从古至今这种技巧都是从老师或者其他人之处学习而来，既不是神赐，也不是如贵族血统一般天生。在这种观点中，“神”的影子已经荡然无存。

梭伦的观点则有点模糊。他这样说：“有人通过学习得到奥林匹亚缪斯的恩赐，从而精于这美好技艺。”[②] 从上下文来看，他要表达的意思是：“一个人谋生要通过掌握某种技艺，或是雅典娜女神掌管的各种技艺，或是火神赫菲斯托斯手艺，或者通过缪斯女神恩赐学习并精于诗歌这种美好的技艺；其他也一样，如医师与能掌管医药的神等。”从这些论述可以看出，诗人虽然也承认恩赐的重要，但与品达等诗人的侧重点已经发生了迁移。品达强调的是天赋，如果没有天赋，学习将徒劳无功；而巴库利德斯和梭伦强调的是即使有天赋，也必须有技艺的学习。

站在两千年以后的今天来看古希腊诗歌，这种神性逐渐褪色的变化清晰明朗。诗歌记录了古希腊人世界观发展变化的过程，虽然这一过程变化缓慢、模糊不清且颇为反复。在《荷马史诗》中，“神”虽然被“戏说”，但是，人在“神”面前是谦卑的；之后，“神”的形象被哲学家净化了很多，但“人”却站了起来，“神”貌似被高举，其实是被搁置，人虽然敬拜却挺直了腰身，不断地夸耀起了“我”。越来越多的诗歌留下了作者的名号，为的就是名扬天下、流芳百世，诗歌的创作不再是“神”的恩赐，而是“人”的荣耀。

由于诗歌几乎是古风时代唯一的文体，因此，在从第一种观点到第三种观点的转变过程中，“教导”与“学习”在诗歌创作过程

---

① Bacchylides, “Fragment 5”, in David A. Campbell eds., *Greek Lyric: Bacchylides, Corinna and Others v.4*, LOEB, Harvard University Press, 1992, reprinted 2006, p. 261.

② Stobaeus, “Antholgy”, in Douglas E. Gerber eds., *Greek Elegiac Poetry: From the Seventh to the Fifth*, LOEB, Harvard University Press, 1999, p. 133 (line51 – 70).

中的作用越来越重要，即“人”的作用越来越大，神的功能逐渐减弱。到了智者教育时代，这种趋势越发明显，技巧的教授和练习成为常规，人成为诗歌创作的主体。值得反思的是，诗歌技巧的教导价值逐渐加强，诗歌内容的教导价值却随之下降；诗人在逐渐增强自身价值之时，却逐渐降低了诗歌本身的权威价值，诗人似乎自己给自己埋下了隐患，严格来说，是自掘坟墓。在之后，古典时代柏拉图的阿加德米学园，诗人的地位已被柏拉图等同于工匠。虽然到了亚里士多德的逍遥学派，一些学者试图重新建立诸神的权威，但人心不再，甚至他们自己也将哲学放置在了“神”之上。

第二章　诗教的魅力

“用体育来训练身体，用音乐来训练心灵”。① 这是希腊古风时代教育的传统模式。“音乐教育”可以说是古风时代“文化教育”的代名词。儿童习字都是从描摹《荷马史诗》中的简单诗句开始的，及至之后的“小学阶段”“中学阶段”甚至“高等教育阶段”，其文法修辞课都以诗歌为基础，古希腊人对这种教育可以说是乐在其中。

古希腊的“音乐”或者说是“诗歌”，多为“配乐而歌”，而且通常是载歌载舞。曲调通常是诗歌的一部分，平铺直叙地朗诵在古希腊简直难以想象。柏拉图在一段对话中曾说：“诗人总是按照诗歌的节奏和韵律讲述，因此听众认为，诗人的言辞是最出色的。这些有着天然装饰的咒语具有巨大的影响力，但若剥去诗歌的音乐色彩，只剩下诗歌本身，那么诗人的语言将会变成什么样子，我想你是知道的。”（卷 10，601B）② 言下之意，没有音乐的诗歌简直不可思议。

《荷马史诗》不断地强调音乐的“快乐”与“迷人”③：

---

① ἔστινδέ που ἡ μὲν ἐπὶ σώμασι γυμναστική，ἡ δ' ἐπὶ ψυχῆ μουσική. 中文翻译参考王晓朝译《柏拉图全集》人民出版社 2003 年版，第 337 页（376E）。

② ［古希腊］柏拉图：《理想国》，载王晓朝译《柏拉图全集》第三卷，人民出版社 2003 年版，第 621 页。

③ George B. Walsh，*The Varieties of Enchantment*：*Early Greek Views of the Nature and Function of Poetry*，The University of North Carolina Press，1984，pp. 1 – 7.

感人的歌者，他能唱歌愉悦人，在世间无际的大地上到处受欢迎。[1]（奥德赛卷17：385）

歌者受神明启示能唱得世人心旷神怡，当他歌唱时，人们聆听渴望无终止。（卷17：519）

神明赋予他用歌声娱悦人的本领，唱出心中的一切启示。（卷8：44）

亲爱的母亲，你为何阻挡可敬的歌手，按照他内心的激励歌唱，娱悦人们。（卷1：347）

真正的歌者口中出来的诗是魅力与真理共存：

看啊，奥德修斯，我们不认为你是那种撒谎的人和骗子
就是这黑色大地哺育出来的，到处都是的
那种编造谎言之人，从他们那里我们一无所获。
你的话语造就（μορφὴ，shape）理智
你像个歌者一样叙说你的故事与知识（ἐπιστάμενος）。（卷11：363—368）

《奥德赛》中迷人的塞壬妖用歌声迷住过往船只：

欣赏我们的歌声再离去，将获得更多快乐与知识。我们知晓丰饶的大地上的一切事端。（卷12：189）

也是凭借歌声中的真理和音乐荡人心魄的魅力。

古希腊诗歌的独特气质决定了它在古风时代教育中的绝对权威：一是诗歌代表了从"神"而来的"真理"，这是其教化力量的决定

① ［古希腊］荷马：《奥德赛》，王焕生译，人民文学出版社1997年版，第329页。本页引用本书的诗文不另注释。

因素；二是古希腊诗歌本身具有不可抵挡的魅力，“无论是谁，都会为诗歌陶醉”，诗人阿尔基洛科斯如是说。[1]《述而》亦曰：“子在齐闻韶，三月不知肉味，不图为乐之至于斯也。”

第一节　诗是“事物的心灵”

关于音乐对人的影响，我们进一步比较中西方两位大哲的观点便可以发现，音乐真是人类文明的“共通之处”！

亚里士多德在《政治学》第 8 卷系统、集中地阐述了自己的教育理念，而音乐是这一章讨论的核心。在讨论音乐对教化的作用时，亚里士多德说：

教育、娱乐和闲暇，音乐能够起哪一种作用呢。有理由认为音乐与全部三件事情相通。

音乐作为令人抒怀的事物合情合理地进入了人们的交往和消遣活动。[2]（政治学卷，1339b）

音乐的旋律与节奏可以说与人心息息相通，因此，一些有智慧的人说灵魂就是一支乐曲，而另一些则说灵魂蕴藏着乐曲。（政治学卷，1340b）

儒家经典《乐记》则说：

凡音者，生于人心者也。乐者，通伦理者也。

---

① William Harris，*Archilochus First Poet after Homer*，http：//community. middlebury. edu/ ~ harris/Archilochus. pdf，20160812. 原希腊文是 κηλειται δ' οτιꝭ（ε6τί）ν άοιδαιꝭ，Archilochus Athen，XIV 628A（77D）。

② ［古希腊］亚里士多德：《政治学》，颜一等译，中国人民大学出版社 1999 年版，第 283—284 页（1339b，10—15，22）。

德者，性之端也；乐者，德之华也。

是故先王之制礼乐也，非以极口腹耳目之欲也，将以教民平好恶而反人道之正也。

乐也者，圣人之所乐也，而可以善民心，其感人深，其移风易俗，故先王着其教焉。

可见，两种古老的文明都把乐的教化作用置于极其重要的位置。从个人角度来看，音乐与灵魂相通、与心灵共振，是雕琢伦理的利器；从国家或城邦层面来看，化民成俗、移风易俗，都宜从乐教开始。

那么，音乐是如何影响人心的呢？亚里士多德认为，节奏和曲调模仿愤怒和温和、勇敢和节制以及所有“彼此相反”的性情，灵魂在倾听之际往往激情起伏。音乐的本性中会产生比普通的快乐更为崇高的体验！尼采也这样谈论音乐：它的普遍性绝非抽象概念的那种空洞的普遍性，而全然是另一种普遍性，带有人所共知的和一目了然的明确性。音乐提供了先于一切形象的至深内核，或者说，事物的心灵。[①] 人们不仅能从音乐中得到彼此共同的快乐感受（因为音乐的享受是自然而然的，所以，不分年龄和性情，所有人都能倾心于音乐），而且应该察觉到音乐对性情和灵魂的陶冶作用[②]（政治学卷，1340a）。音乐既深刻又浅显，容易影响人的性情并随之产生种种改变。

然而，《乐记》则说得更加细致，将不同种类韵律对人心灵的不同影响丝分缕析：

人都具有血气，又有知好歹的本性，但其喜怒哀乐的感情却不是固定不变的。这取决于外界是怎样的感动人的内心，人的内心也

① ［德］尼采：《悲剧的诞生》，周国平译，译林出版社 2014 年版，第 76—77 页。

② ［古希腊］亚里士多德：《政治学》，颜一等译，中国人民大学出版社 1999 年版，第 284—285 页。

就表现出相应的感情。比如说，在演奏细微急促的曲调时，人们就感到忧郁；在演奏宽和、平缓、含义丰富而节奏简明的曲调时，人们就感到舒畅；在演奏粗犷、发声有力而收声昂奋、充满激情的曲调时，人们就感到振奋；在演奏清明、正直、端庄、诚恳的曲调时，人们就感到肃然起敬；在演奏宽舒、圆润、流畅、柔和的曲调时，人们就感到慈爱；在演奏流荡、邪僻、轻佻、放纵的曲调时，人们就感到淫乱。①

由于音乐与人的本性相通，所以，音乐的节奏、曲调及其内容能够从外界直达内心，让吟唱者和倾听者浑然一体，心灵共振。哪里的课堂还有这样的教育效果呢？

这里举三个例子来印证诗教的效果。

雅典早期的悲剧诗人弗雷尼库斯（Phrynichus）的悲剧作品《米利都的陷落》以历史事件为题材，反映了希波战争前波斯人占领小亚细亚的米利都城这一真实的历史事件（公元前494年），其上演时间大概是在米利都城被攻陷以后不久。这一惨重失败在雅典的舞台被如此生动地重新演绎，以至于让所有观众都伤心落泪不已，最终剧作家弗雷尼库斯被课以重金，而且该剧因“不合时宜”被永久禁演。②（希罗多德，历史卷，6：21）

又如在柏拉图的《伊安篇》（535C）中，游吟诗人伊安与苏格拉底有这样一番对话：

伊：“苏格拉底，我在朗诵哀怜事迹时，就满眼是泪，在朗诵恐怖事迹时，就毛骨悚然，心也跳动。”

---

① 原文为：夫民有血气心知之性，而无哀乐喜怒之常，应感起物而动，然后心术形焉。是故志微、杀之音作，而民思忧。啴谐慢易、繁文简节之音作，而民康乐。粗厉猛起、奋末广贲之音作，而民刚毅。廉直、劲正、庄诚之音作，而民肃敬。宽裕肉好、顺成和动之音作，而民慈爱。流辟邪散、狄成涤滥之音作，而民淫乱。佚名，白话译文采用古诗文网的翻译，http：//so. gushiwen. org/guwen/bfanyi_ 1677. aspx. ，下同。

② ［古希腊］希罗多德：《历史》，王以铸译，商务印书馆2013年版，第410页。

苏："你对多数听众也产生这样效果，你明白吗？"

伊："我明白，因为我从台上望他们，望见在我朗诵时，他们的面孔上都表现哀怜、惊奇、严厉种种不同的神情。"①

这就是诗歌的魅力。它们确实是为灵魂而唱，十分诚挚地要在灵魂中产生和谐。（法律卷，407）

再来看第三个例子。亚里士多德和梭伦都讲述了"僭主制的弊端"，但一个以散文的方式论证，一个以哀歌来表达，我们可以比较同一主题的不同文体所带来的何种不同的感受。

亚里士多德采用了平铺直叙的理性分析。他说，僭主制度是听凭僭主个人任意独断专行，某一个人在不受任何审查的情况下，独自统治了所有与其同等或比他更优秀的人，而且仅仅从自己的私利出发，毫不顾忌被统治者的利益②（政治学卷，1295a）；僭主会采取一系列措施以维护自身统治：命令禁止各种派别的聚会，禁止自由讨论的聚会，甚至禁止闲谈的聚会，并且尽最大力量在所有范围内防止人们彼此相识，因为熟识就更有可能助长彼此间的信任；强迫人们总是生活在明处，这样一来，人们的一举一动就极难逃过他的监视，而且处处受监视，人们也就会形成奴颜婢膝的习尚；常派人去有集会或聚会讨论的地方刺探民情，这样一来，由于对这种人的恐惧，人们讲起话来就会有所顾忌，如果直吐心曲，就难保不会泄露出去。另一类僭术是在臣民中制造仇敌，挑起朋友与朋友之间、平民与显贵之间及富人自身之间的争斗；僭主还应造成臣民的贫困，他既可以依靠对臣民的搜刮来养活自己的卫队，又可以置臣民于终日操劳之中，使其无暇图谋不轨。③（政治学卷，1313b）

---

① ［古希腊］柏拉图：《伊安篇》，王晓朝译，载《柏拉图全集》第一卷，人民出版社2003年版，第306页。

② ［古希腊］亚里士多德：《政治学》，颜一等译，中国人民大学出版社1999年版，第142页。

③ 同上书，第204页。

应当说亚里士多德的分析比当代许多政治学著作要深入浅出得多，既细腻深刻，又简洁明了、通俗易懂，确实是经典著作的风范；但是，同一个主题用诗歌来表达则另有一番风味。梭伦在预料到僭主制将会再控制雅典时，用一首哀歌说道[①]：

从乌云中走出雪与雹的力量，
从闪电中惊出雷声，
从强权之人带来城邦的毁灭，
因着无知，大众堕落为一个僭主的奴隶。
如果将一个人举得过高，
以后将再难约束；
现在每个人都应当思考这件事情。

应该说两者之中，亚里士多德的分析更加细致周全。但是，如果从教化的角度来看，考虑到普及度和接受度，梭伦创作的带有韵律感的诗歌明显更易于深入人心。在亚里士多德年代，虽然书写开始普及，著作也越来越多，但是，由于书籍的昂贵和有读写能力的人数量有限，这样理性的分析难免是一种小众范围的分享。而诗歌则是一种在公众场合表演的艺术，加上雅典人从小浸淫的出类拔萃的欣赏能力，这些诗歌仅仅因为在广场被人吟诵就能深入民心，就能引起人们的警惕。即使是在当代，又有多少人愿意捧起一本厚厚的著作，在艰涩的文字中去仔细领略深邃思想呢？

所以，即使是散文最高成就的代表者，即使是将对话体运用得炉火纯青的柏拉图，仍旧对诗歌极为推崇："拥有诗人天赋的人必须创作他们应该创作的东西，用高尚精美的诗句来再现好人，用适当的节奏来再现好人的心怀，用优美的旋律来再现好人的节制，这

① Solon, "Fragment 9", in Douglas E. Gerber eds., *Greek Elegiac Poetry*: *From the Seventh to the Fifth*, *LOEB*, Harvard University Press, 1999, p. 125.

些人是纯粹的、高尚的，简言之，是善的。”[①]（法律篇，660）

第二节 诗之两刃

音乐的力量如此之大，化人于无形，所以，音乐的选择不得不十分谨慎。好的音乐是城邦的教化之源，而坏的音乐则是社会的溃堤蚁穴。对此，古代的圣贤们是言之凿凿、殷殷教诲。

魏文侯曾经向子夏问道：

我穿上礼服，戴上礼帽，神情恭敬地去听古乐，就唯恐打瞌睡。要是听郑、卫之音，反倒不知疲倦。请问：古乐让我产生那样的感觉是何原因，而新乐又让我产生这样的感觉又怎样解释。

子夏答道：

郑国之音多是男女偷情，使人心志淫荡；宋国之音留恋妻妾，使人意志消沉；卫国之音节奏急促，使人心情烦乱；齐国之音傲慢邪僻，使人志骄意满。这四国之音，都偏重于欲望而有害于道德，所以是不用之于祭祀的。[②]

郑、卫之类的音乐对心思意念不够淳朴端正之人很有吸引力，很容易为大众所接受和喜爱，但此类乐曲乃是靡靡之音，使人心智游移、心情烦乱，若君主沉溺于这类音乐，长此以往则国将不国。

---

① ［古希腊］柏拉图：《法律篇》，王晓朝译，载《柏拉图全集》第三卷，人民出版社 2003 年版，第 407 页。

② 原文为：魏文侯问于子夏曰：“吾端冕而听古乐，则唯恐卧；听郑卫之音，则不知倦。敢问：古乐之如彼何也？新乐之如此何也？”子夏对曰：“郑音好滥淫志，宋音燕女溺志，卫音趋数烦志，齐音敖辟乔志；此四者皆淫于色而害于德，是以祭祀弗用也。”白话译文采用古诗文网的翻译，http：//so. gushiwen. org/guwen/bfanyi_ 1677. aspx。

亚里士多德也说：

一类人（没有受过教育的），他们喜欢听怪异的曲调，偏好紧张和过于花哨的旋律。每个人依照其自然本性来选取音乐。（政治学卷，1342a，20—25）

可见，对没有区分能力的人来说，淫邪之音比古朴庄重的音乐更容易吸引人。所以，音乐的选择一定要慎之又慎。“关于曲调和节奏，我们还须考察，是所有的曲调和节奏都适用于教育还是应当有所区分。”①（政治学卷，1341b，20）

教育不能任凭接受教育的人自己来选择音乐，否则他们一般都会按照本性来选取那些不利于人格塑造的音乐。“教育要采用最纯正的道德情操型”，要选取积极正面的音乐。好的音乐“能够展现至高道德的光辉，调动四气的协和，从而昭示万物之理。因此，这样的乐，其清澈明朗像天，其无所不载像地，其终而复始像四时，其周回旋转像风雨。虽然乐器的色彩五彩缤纷，但却井然有序。虽然八音杂奏，但也不互相干扰；乐舞虽富于变化，但也像百刻计时那样有一定之规。高音与低音相辅相成，十二律互相配合，或倡或和，或清或浊，轮番为主。所以，这样的乐流行就能使伦类向善，耳聪目明，心气平和，移风易俗，天下皆宁”。②

适合教育的音乐并非就是枯燥和单调的，它同样可以充满魅力且激荡人心。重要的是，根据不同的年龄和场景选择不同的曲调。

---

① ［古希腊］亚里士多德：《政治学》，颜一等译，中国人民大学出版社 1999 年版，第 289—291 页。

② 原文为：使耳目鼻口、心知百体皆由顺正以行其义。然后发以声音，而文以琴瑟，动以干戚，饰以羽旄，从以箫管。奋至德之光，动四气之和，以着万物之理。是故清明象天，广大象地，终始象四时，周还象风雨。五色成文而不乱，八风从律而不奸，百度得数而有常。小大相成，终始相生。倡和清浊，迭相为经。故乐行而伦清，耳目聪明，血气和平，移风易俗，天下皆宁。白话译文采用古诗文网的翻译，http：//so. gushiwen. org/guwen/bfanyi_ 1677. aspx。

孔子和亚里士多德都是乐与教之大家，不仅对当时的音乐了如指掌，更对何种音乐有何教化之用颇有心得。

亚里士多德说：

各种曲调本性迥异，人们在欣赏每一支乐曲时的心境也就迥然不同，有一些曲调令人悲郁，例如所说的吕底亚混合调；有一些令人心旌摇曳，例如轻松的曲调；另有一些令人神凝气和，似乎只有多利亚调才有这样的效果；弗吕吉亚调则令人热情勃发。（政治学卷，1340b，5）

《乐记》则说宽厚安静、柔和正直的人，适合唱《颂》；志意宏大而安静、疏朗通达而诚信的人，适合唱《大雅》；恭慎而好礼的人，适合唱《小雅》；正直而安静、廉约而谦让的人，适合唱《国风》；坦率而慈爱的人，适合唱《商》；温良而果断的人，适合唱《齐》。唱歌这件事，就是直接表达自己的心情、展示自己的品德。自己唱起来以后，会觉得天地也在响应，阴阳和顺，星辰按序运行，万物各得其所。[①] 所以，乐教并非等同单调枯燥，而是要将每个人本性中高尚卓越的那一部分激发出来并稳固下来。

论语给我们展现了一幅清新烂漫的师生游乐图：“暮春者，春服既成，冠者五六人，童子六七人，浴乎沂，风乎舞雩，咏而归。”（《先进》26）如果在现在的各级教育中，常常有师生同游，大小童子穿上合乎季节、合乎风景的衣裳，弹弹琴、吹吹风，歌咏而归，该是多么和谐的教学场景？又是多么融洽的师生关系啊？我们把孔子当作万世师表，但曾何时起，音乐在我们的教育中开始变得无足

---

① 原文为：“宽而静柔而正者宜歌《颂》，广大而静疏达而信者宜歌《大雅》，恭俭而好礼者宜歌《小雅》，正直清廉而谦者宜歌《风》，肆直而慈爱者宜歌《商》，温良而能断者宜歌《齐》。”夫歌者，直己而陈德也。动己而天地应焉，四时和焉，星辰理焉，万物育焉。白话译文采用古诗文网的翻译，http：//so.gushiwen.org/guwen/bfanyi_1677.aspx.20170314。

轻重了呢?

音乐的教导很适合少年的本性，青少年由于年龄关系极不情愿忍耐那些缺少快乐的事物，而音乐在本性上就属于令人快乐的事物。① (政治学卷，1340b)

音乐教育从主流教育内容中剥离出来是对教育的巨大伤害，是对教育理解的逐渐偏离。这种偏离自秦汉之际就初露端倪，在儒家六艺之中，“礼”与“乐”本是并行。但是，到了独尊儒术的汉代，看重的是儒家礼法对于江山社稷的稳固，并行的“乐”则最多只是闲情雅趣，往后的专业乐人更是被置于三教九流之末。可以想象，伶人出产的乐与先秦时期庙堂高处的礼乐在人伦教化上的作用自是无可比拟，“礼崩乐坏”之后再想抬高“乐”的地位已非易事，因为“乐”本身的品质以及对“乐”的理解都已逐渐下降。即使是在新文化运动中乐似乎有了回到学校正统教育中的良好趋势，但此时之乐仍然是与主流教育相隔离，古希腊时期和先秦时期那种“诗乐舞”浑然一体的局面再难重现。及至现代，无论是哪个阶段的教育，都以国计民生为直接目的；越是程度高之教育阶段，音乐越是成了学校教育的边缘化产品。

音乐是人的本性之物，虽然学校教育忽视了音乐，但个人在本性中却难以割舍。因此，音乐更多地成为个人爱好。亚里士多德和孔子在两千多年前就告诉了我们：

有什么样的德，便有什么样的乐，“唯乐不可以为伪”。

对于没有接受过音乐教育的人，任凭他们去选择音乐，他们只

① ［古希腊］亚里士多德：《政治学》，颜一等译，中国人民大学出版社 1999 年版，第 286 页。

会顺着自己的天性去选择那些“怪异、紧张和花哨”的曲调，这正是现代音乐的现实写照！

音乐和舞蹈，是让人快乐的，这是人之常情，不可或缺。人有了快乐的事，一定要通过声音来表示，一定要表现于动作，这也是人之常情。声音和动作，作为表达人的心情变化的手段，也不外乎就这两点了。所以，人不能没有快乐，快乐又不能不通过声音和动作表现出来，对这种表现如果不给以引导，就不能不出乱子。①

主流教育放弃这一领域，青少年就会通过其他渠道来进行自我成全。但是，因为缺乏鉴赏识别能力，那些易于让人接受的浅白音乐将立即占据广大人群。这些音乐中即使偶有佳作，也难成气候。在大众的评判之下，怡情益智的作品未必容易获得接受，而颓废偏激的音乐则更容易获得掌声。一种恶性循环正在产生，音乐评判标准也逐渐失控，将这样的音乐引入学校教育无异于开门揖盗。重拾音乐鉴赏能力，提升整体音乐素养，不仅关乎音乐教育，而是将少年儿童从经过音乐蘱杂并走向道德荒野的危险中挽救回来。

这是关于乐教比较集中的论述，古希腊不同时期的伟大诗人和哲人对乐教（诗歌）也有着类似观点。但是，亚里士多德和孔子对乐教的阐述已经足够清楚明晰，可惜这振聋发聩的声音却是“微斯人，与谁归”了。

---

① 原文：夫乐者乐也，人情之所不能免也。乐必发于声音，形于动静，人之道也。声音动静，性术之变，尽于此矣。故人不耐无乐，乐不耐无形。形而不为道，不耐无乱。白话译文采用古诗文网的翻译，http：//so. gushiwen. org/guwen/bfanyi_ 1677. aspx。

第三章　诗教的理念

柏拉图在《理想国》中说，“荷马是希腊人的教导者”，尽管他对荷马一直颇有微词，却未能否认一个事实——史诗确实是全体希腊人的教化源泉。其实，除了《荷马史诗》，古希腊诗歌名篇中很大一部分其宗旨就是教导青年人，这类诗歌被称作“教谕诗”（Didactic Poem）。本章对古风时代诗教理念的研究主要从“教谕诗”着手，因为它代表当时的主流思想和“官方”态度。“教谕诗”当然不是诗教思想的全部，但却是最显性、最集中的表达。

严格来说，“教谕诗”这一概念其实直到17世纪才在德国出现，而到18世纪后才被广泛使用。[①] 虽然“教谕诗”概念并非出于古希腊，但是，此类研究总是从古希腊开始，因为“诗歌”与“真理”的关系一直是古希腊学者争辩的核心问题[②]，这既是出于对真理的渴慕，更是出于对青年人成长的谨慎态度，因而“教谕”一直是古希腊诗歌的重要使命。

“教谕诗”的内涵一直未有精确定义，本书拟从正反两个方面来界定其内涵。一般来说，“教谕诗”旨在教导知识、技能和积极的伦理道德。最明显的例子是被称作“教谕诗之父”的赫西奥德的作品《工作与时日》，不仅教导了关于耕作、航海、气候等方面的

---

① Huss, Bernhard (Munich), “Didactic poem”, http://referenceworks.brillonline.com/entries/brill-s-new-pauly/didactic-poem-ct-e1501130.

② Schuler, R. M., Fitch, J. G., “Theory and Context of the Didactic Poem: Some Classical, Mediaeval, and Later Continuities”, *Bulletin of Experimental Biology & Medicine*, 1983, 22 (1), pp. 171-174.

知识，更重要的是，在诗歌中劝诫“游手好闲且耽于享乐，并试图通过贿赂法官图谋他人家产”的兄弟，勤劳才是正当的人生，神的公义会降临到每一个人。《工作与时日》这一首诗既包含知识与技能，又突出宣扬了伦理道德，是最为典型的古希腊“教谕诗”。另一些重要的“教谕诗人”更致力于宣扬伦理道德，典型代表有高歌爱国主义的提尔泰奥斯（Tyrtaeus）、雅典城邦的教导者梭伦（Solon）以及极为热情地试图复兴贵族精神的泰奥格尼斯（Theognis）和品达（Pindar）等。与之不同的是，还有一类诗歌或者是更为关注人的内心感受，但其伦理观明显消极和负面，如弥涅墨斯（Mimnermus）的“一旦烦苦的暮年到来，美颜变丑，心志消磨，阳光之下再无欢乐”①；或者是直接关注审美价值，如阿利克曼描绘夜景的名篇“沉睡，峭壁与山谷……沉睡，深紫色海中的巨兽；沉睡，所有羽类垂下了翅膀”。② 没有人会把这一类诗歌当作“教谕诗”，但是，由于这些诗歌经常在古希腊非常重要的社交场所——“酒会”中广为吟诵，同样潜移默化地熏陶着希腊人。

古希腊的“教谕诗”大致可分为两类：一类是关注个人品质的修养，如赫西奥德、泰奥格尼斯和品达的作品；另一类则关注公民精神的培育，如提尔泰奥斯和梭伦的作品。当然，这两类诗歌会有交会，会有个人与城邦的“重叠”，因为“人是政治的动物”，在古希腊这两者不可分割。

在从史诗时代到泛希腊化时代的近千年历史中，希腊文化的教育理念不断变化，但不管其如何演变，那种古希腊人特有的气质还是一眼就能辨认出来的。

---

① Mimnermus, “Fragment 1”, in Douglas E. Gerber eds. , *Greek Elegiac Poetry*: *From the Seventh to the Fifth*, LOEB, Harvard University Press, 1999, p. 81.

② Alcman, “Fragment 89”, in David A. Campbell eds. , *Greek Lyric*: *Anacreontea – Choral Lyric from Olympus to Alcman v.* 2, LOEB, Harvard University Press, 1988, p. 455.

第一节 “完美的英雄”
——《荷马史诗》的人才规格

在古希腊教化目标中，最重要的概念是“Arête”（卓越），该词在《荷马史诗》中大量出现。虽然《荷马史诗》并非是纯粹意义上的“教谕诗”，但是，由于其作为“古希腊圣经”的崇高地位以及在古希腊无时无处不在的深远影响，当谈到教化的目的时，《荷马史诗》仍是无法绕开的最为重要的作品。不仅仅是“Arête”，其他古希腊教育的核心目标如“正义”（Dikē）、“荣耀”（Timē）也都是从中而来的，并且在其他教谕诗人的作品中不断地被阐释、扩展或“匡正”。

一　卓越意味完美

“Arête”一般译作“卓越”，培养“卓越”的人是所有教育的共同目的，但对“卓越”的不同理解则决定了不同教育的具体内涵。其实，“Arête”译作“卓越”，也只是一种权宜之计。在《荷马史诗》中，“Arête”的含义要广泛得多，而且主要不用于描述人，它泛指世间一切美好事物。任何一个事物，如果能将其功用或潜能发挥到极致，就会被赞为Arête。比如，俊美健硕的快马能在战场或者竞技场上获得胜利，那这匹马就可称为“Arête”；妇女能制作出一件比其他衣服都要精美的流光溢彩的服饰，那么这件衣服也被称作“Arête”；或者是如海伦一般，有着超越众人的美丽，美丽得如此不同凡响，因此，海伦也被认为是“Arête”。所以，“Arête”首先是指向好，然后再指向好中的翘楚，这既是《荷马史诗》的人才规格，也是古希腊教育的培养目标。

但是，“Arête”首先是属神的，《伊利亚特》中一半的“Arête”用于对宙斯的描写。同样，因为拥有“Arête”品质的人是神所喜爱的，事实上，这些出类拔萃的人也多是诸神的孩子，所以，他们的卓越品质也出于神。在希腊人眼中，美好的事物必须是和谐的，并且会在各个方面都表现出美好。所以，一个“Arête”的人，一般是出身高贵、相貌出众、品行卓越、能力超群。总的来说，就是一个接近“完美”的人。如果出身高贵却相貌丑陋，这是不被接受的；而一个出身贫寒却能力出众，这也不是古风时代作品中会出现的现象，希腊人不可能接受“英雄莫问出处”这种“荒谬”的观点。

“Arête”的典范就是特洛伊之战中的主角阿喀琉斯。首先，阿喀琉斯是一个骁勇善战、能言善辩、一呼百应的英雄。从个人品质方面来看，希腊人眼中的阿喀琉斯近乎完美。按照现代观点来看，阿喀琉斯容易暴怒，这是他性格中的不足之处；但对希腊人来说，这根本不算一回事儿，反而是他英雄气概的张扬。

英雄最重要的身份就是战士！尚武是古风时代文化和教育的重要特征，是公民的重要品质，这一特质被斯巴达人发挥到了极致，在其他城邦也同样举足轻重。而这种尚武之风在《伊利亚特》中被浓墨重彩地反复描绘：

宙斯养育的阿喀琉斯把长枪靠在
岸边的柽柳丛旁，自己凶神恶煞冲过去，
只带一柄长剑，心中谋划着灾难。
他凶狠地左右砍杀，被剑砍着的人们
发出可怖的惨叫，鲜血染红了水流。（卷21：15—20）①

类似这样的战争片段不胜枚举，有些段落场景更加血腥，描写更加细腻，而希腊人对此鲜有批判之声，因为“勇猛善战”正是希腊男子“Arête”品质最重要的特征，这种场景是见证，也是让英雄

---

① ［古希腊］荷马：《伊利亚特》，罗念生、王焕生译，人民文学出版社2008年版，第477页。

名留千古的颂赞。

当然，古风时代的英雄除最为重视“骁勇善战”这一品质之外，“全面发展”也是他们的追求。《伊利亚特》中阿喀琉斯有一位伟大的教师——喀戎，这位有着永生生命的“半神”慈善智慧，精通各种技艺。他教导了包括阿喀琉斯在内的许多古希腊大英雄，如忒修斯、伊阿宋、赫拉克勒斯以及医药之神亚斯克雷比奥斯等，可见，英雄都是被神选中的宠儿。喀戎抚育阿喀琉斯这个孩子成长，教会他音乐、药理、马术、狩猎和武术。[①]这些技艺让阿喀琉斯在战争中更加光彩照人，处处胜过他的同辈！

当然，如果只是追求才华与品德，这与其他文化的教育理念相比也大同小异，甚至和当代的教育理念也颇为相似。但希腊人是独特的，他们的要求远不止于此。

古希腊人心目中的英雄首先一定要容颜俊美！《荷马史诗》中的英雄一定是器宇轩昂、仪表不凡之人，诗人对他们的“身体”从来都不吝赞美之词。如帕里斯被描述为“神一样的亚力克山德罗斯”且“仪表堂皇、衣衫光亮、潇洒俊美”，阿伽门农“面容俊美，像一股幽黑的溪泉”；而英雄即使战死也颇富美感，如特洛伊城普里阿莫斯的儿子戈耳古西昂“脑袋垂向一边，像花园里的一朵罂粟花受到果实和春雨的重压”。[②] 对于那些胆小懦弱者，诗人则毫不留情地抨击了他们的容貌。如想退出战斗的特西特斯就被描写成罗圈腿、跛脚、溜肩和秃头，同时低俗、淫秽和愚蠢，他作为普通士兵站出来公开发言，激烈批评阿伽门农，这位挑战权威的士兵很快就被奥德修斯揍了一顿。[③] 在荷马的描绘中，这个特西特斯是“最丑也是最坏的”。美与精神上的高贵一直是古风时代希腊人一种非常

---

① Mackie, C. J., “Achilles' Teachers: Chiron and Phoenix in the ‘Iliad’”, Greece & Rome, 1997, 44, pp. 1 – 10.

② ［古希腊］荷马：《伊利亚特》，罗念生、王焕生译，人民文学出版社 2008 年版，第 179 页（第 8 卷：305—310）。

③ 同上书，第 33—35 页（第 2 卷，第 211—277 行）。

普遍的观念。古希腊教育中的这种身体与精神的内在高度联系，也经常在古希腊文学、哲学、雕塑等艺术作品中被反复印证。

除此之外，英雄也一定是出身高贵。每个人物的出场都会详细地介绍他的家族与父辈，因为这是高贵血统的证明。如阿伽门农，史诗中一般用的是“阿特柔斯的儿子”；提到奥德修斯，阿喀琉斯称呼其为“拉埃尔特斯的儿子、大神宙斯的后裔、足智多谋的奥德修斯”；诗歌中还有许多关于贵族生活与礼仪的描写，这些优雅得体的行为举止，也是教养在生命中的美好展现。

二　卓越意味超越

如何才能体现一个人的“卓越”呢？答案是：“超越你的同辈！”[①] 毫无疑问，战场是问鼎英雄的最佳场所，也是凡世间英雄实现最高“Arête”的唯一途径。阿喀琉斯自幼就有一个预言降临到他，如果他参与战争，则必死于战场，但会名垂青史；相反，如果他远离战事则可以保全性命，但只会落得籍籍无名。

我的母亲、银足的忒提斯曾经告诉我，
有两种命运引导我走向死亡的终点。
要是我留在这里，在特洛伊城外作战，
我就会丧失回家的机会，但名声将会不朽；
要是我回家，到达亲爱的故邦土地，
我就会失去美好名声，性命却长久，
死亡的终点不会很快来到我这里。（卷9：410—415）

他的母亲忒提斯为了让儿子逃脱预言的厄运，从小就让儿子练

① 原文为“αιέν（always）αριστεέειν（to be best）και（and）υπείροχον（distinguished above）ά μμεναι（to be）α λλων（others）”（ILIAD Book6，208），http：//www.perseus.tufts.edu/hopper/text? doc = Perseus% 3Atext% 3A1999.01.0133% 3Abook% 3D6% 3Acard% 3D191。

成“金钟罩”，在他刚出生时就将其倒提着浸入冥河，使其能刀枪不入。但遗憾的是，因冥河水流湍急，母亲捏着他的脚后跟不敢松手，故而被母亲捏住的脚后跟露在水外，所以，脚踵是最脆弱的地方，全身留下了唯一的“死穴”，而他最终也未能逃过命运之劫。

你难道没有看见我如何俊美又魁梧?
我有伟大的父亲，由女神母亲生养，
但死亡和强大的命运也会降临于我。
当某个早晨、夜晚或者中午来临时。
有人便会在战争中断送我的性命，
或是投枪，或是松弛的弦放出的箭矢。(卷 21：110—115)

即使如此，阿喀琉斯最终还是走上了战场，这就是希腊人的必然选择。就如斯巴达的母亲对她的儿子所说的一样，或者是战场上得胜而归，或者是“用盾牌把尸体运回”。

古希腊时期，战事频繁，但也不是绵绵不绝，间或也有十几年二十年的和平时期，而且战事也不是所有城邦都卷入其中。那么在和平时期，青年才俊如何脱颖而出、胜过自己的同龄人呢？答案是——竞技！这是希腊人认为的最好方式。如在《伊利亚特》中短暂休战时祭奠英雄的葬礼上、在《奥德赛》的酒会中，希腊人都举办了竞技运动会。竞技作为古希腊文学作品最喜爱的主题之一，表达了古希腊人对“身体”与“至善”关系的独特理解，也决定了体育（Gymnastic）在古希腊教育中极其重要的地位，为其他文明所罕见。由此也不难理解温文尔雅的雅典城邦如何能凭借弹丸之地成为地中海的霸主，最崇尚高等理性的族类为何却对武力有着与生俱来的热爱，让“身体”与“精神”一同锤炼、成长，这一理念正是通过《荷马史诗》早就扎根于所有的希腊人。

对于《荷马史诗》，还有一系列更深层次的问题由此衍生而出：首先是英雄为何要历经艰辛来取得这些胜利呢？答案是为了获得

“荣耀”（timē），荣耀是对人的奖赏，是“正义”（Dikē）的具体实现。那么，为何要获得荣耀呢？因为这些光荣事迹会被写进诗歌，被人们广为传唱，诗人的使命之一就是“将神与英雄的事迹代代流传”，而英雄正是在这世代相传的美名中得到永生。《荷马史诗》对于希腊人的意义也正在于此，因为它对生命进行了重新诠释，引导出对生活细节的各种规定和基本的伦理规则，要求个体从各个方面努力让自己臻于完善，这么具有挑战的人才培养观，在古风时代的特殊背景下居然被广为接受，而荷马也就成了“希腊人的教导者”，教育也成为贵族阶层的专属领域。

第二节 “正义的人”
——赫西奥德“教谕诗”的人才规格

古希腊有两位最为重要的史诗诗人，一位是荷马，另一位就是赫西奥德。赫西奥德有两部重要作品留存，一部是对奥林匹亚诸神关系做了最为权威梳理的《神谱》；另一部就是涉及文化、教育、科学、伦理等多重意义的《工作与时日》，这部作品也被视作第一部“教谕诗”。

从现代视角来看，赫西奥德的《工作与时日》与其他古风时代的诗歌风格明显不一致。无论是《荷马史诗》还是九大抒情诗人的作品，描绘的大都是典型的贵族生活和贵族理念，而赫西奥德展现的却是农村的生活题材，似乎与那个时代的文化格格不入。但我们不能从现代对农民的理解来看待这部作品。古风时代早期的农民地位并不低下。有些被称作巴塞留斯（lord，领主或国王）的贵族农忙时期也要下田协助奴隶劳作，他们的妻子也要在家里纺线织布。如佩涅罗佩，作为国王的妻子，为了拖延时间，敷衍那些求婚者，不得不想出一个计谋①：

我的年轻的求婚人，英雄奥德修斯既已死，你们要求我再嫁，且不妨把婚期稍延迟，待我织完这匹布，免得我前功尽弃，这是给英雄拉埃尔特斯织造做寿衣。她这样说，说服了我们高傲的心灵，就这样，她白天动手织那匹宽面的布料，夜晚火炬燃起时，又把织成的布拆毁。她这样欺诈了三年，瞒过了阿开奥斯人。

这样的贵族参与劳作的场景还有很多，因为古希腊早期的地主并非十分富有，我们不能把之后大帝国贵族阶层的奢华豪逸与农民阶层悲惨痛苦的场景简单地套入赫西奥德的年代。可以设想赫西奥德的家庭与一般的小贵族区别并不甚远，因为诗人称自己的弟弟为“高贵出生的佩尔赛斯（第 296 行）”②，建议佩尔赛斯“选一名没有孩子的女仆照顾家庭（第 604 行）”，建议“耕种是要一名仆人带着锄头跟在后面（第 468 行）”，嘱咐“耕种季节一到你要和仆人们不分晴雨抓紧时间抢耕抢种（第 460 行）”。由此可见，他们的社会阶层并不低下。

此外，从诗人在文字上的造诣来看，虽然诗人将他的成就全部归于缪斯的恩赐，我们仍可以猜测他的教育程度并不低。从诗人的自我介绍可以知道，他也是一位《荷马史诗》的“吟诵者”（Rhapsode），并因此在“安菲达马斯的葬礼竞技会”比赛中获得一只“青铜三角鼎”，并把它献给了“缪斯女神”（第 655 行）。赫西奥德的诗歌与整个古希腊的贵族文化并无冲突之处，他所表达的理念从另一个角度解释了古希腊的主流文化，丰富了我们对那个时代的理解，而且与之后兴起的城邦理念也非常契合。

---

① ［古希腊］荷马：《奥德赛》，王焕生译，人民文学出版社 1997 年版，第 21 页（第 2 卷：第 95—110 行）。

② ［古希腊］赫西奥德：《工作与时日·神谱》，张竹明、蒋平译，商务印书馆 1991 年版，第 10 页（第 296 行）。

赫西奥德“教谕诗”的“Arête”有三个最为根本的要素：

一是虔敬。“尽你所能且纯真洁净地祭奠永生神灵（第335行）”，“做自己本分的工作，不冒犯永生的神灵。”（第825行）这也是赫西奥德的诗歌与荷马最大的相似之处，他们的诗歌的背景都在一个属神的世界，诗歌中提到的诉讼仍是人间天上并行的一场战役，人间的不义最终会被审判。且神的法则不局限于人类社会，整个自然界也在他的规定之下。诗歌后半段对农作、航海等节令的描写突出了这是个属神的世界，神制定了这些规则，而这些规则循序有据，彰显了神的大能。

二是“正义”。这首诗写作的直接目的是训诫诗人的兄弟，这个兄弟“已经分割了父亲大部分财产，挥霍掉以后又觊觎自己兄弟那部分，并通过贿赂法官来谋取这不义之财”。诗并未描述整个诉讼，诗人重点是要谈到其核心观念——正义。

“无论谁强暴行凶，克洛诺斯之子，千里眼宙斯都将予以惩罚”（第240行），因为“宽广的大地上宙斯有三万个神灵。这些凡人的守护神，他们身披云雾漫游在整个大地上，监视着人间的审判和邪恶行为”（第255行）；没有人能够逃过神的法眼，“害人者害己，最受伤害的是设计者本人。宙斯的眼睛能看见一切、明了一切”（第265行）。那些“心存不善、歪曲正义”者最终会遭到判决和报应（第260行）。

尽管《工作与时日》也是用史诗的格律写成的，但赫西奥德的理念较荷马还是有所不同。起码他在诗歌中从不调侃奥林匹亚众神，像《奥德赛》第8卷歌手得摩多科斯（Δημόδοκος）拿神灵的风流韵事来取悦听众的事情就绝对不会发生。赫西奥德笔下的神不管是好是坏，他们都高高在上，人类的态度应该是谦卑与遵从。

三是“力量”。赫西奥德对“力量”也有不同的态度。他用了一个寓言来说明（第200—211行）：

一只鹞鹰用利爪生擒了一只脖颈密布斑点的夜莺，高高地飞翔到云层之中，夜莺因鹰爪的刺戮而痛苦地呻吟着。这时，鹞鹰轻蔑地对她说道："不幸的人啊！你干嘛呻吟呢？""与强者抗争是傻瓜，因为他不能获胜，凌辱之外还要遭受痛苦。"

如果从荷马的角度来看，鹞鹰是对的，因为所有的"Arête"是一致的，尤其是"力量"，代表的就是正义。但赫西奥德奉劝他的兄弟：

佩尔塞斯，你要倾听正义，不要希求暴力，因为暴力无益于穷人，甚至家财万贯的富人也不容易承受暴力，一旦碰上厄运，就永远翻不了身。"追求正义才是明智之举，正义终究要战胜强暴。"（第215—217行）不要以为"力量就是正义，虔敬不是美德"（第193行）。

那么，此处赫西奥德是否意在批判荷马呢？那倒未必。因为在诗歌的第110—190行，诗人叙述了人类的历史，从"黄金时代"开始，一代一代衰落。《荷马史诗》描写的年代是"英雄的时代"，虽然远逊于"黄金时代"，但也是一个比当下的"黑铁时代"好得多的时代。在"英雄的时代"，力量与正义两者统一；而在这个邪恶的时代，力量只是助纣为虐。

《工作与时日》大概是古希腊诗歌中最合乎中华传统伦理的一首长诗了，它不仅高举"正义"，抵挡暴权，这一"教谕诗"开山之作还有区别于古风时代其他诗歌作品最独树一帜的理念——"勤劳"。

"只有从事劳动才能备受永生神灵的眷爱。劳动不是耻辱，耻辱是懒惰。"（第309—311行）"如果你心里想要财富，你就如此去做，并且劳动，劳动，再劳动。”（第 381 行）最广为流传的篇章是：“邪恶很容易为人类所沾染，并且大量地沾染，通向它的道路既平坦又近切。然而，永生神灵在善德和我们之间放置了汗水，通向它的道路既遥远又陡峭，且出发处路面崎岖不平；可是一旦到达其最高处，那以后的路就容易走过，尽管还会遇到困难。”（第 285—292 行）

看到这样的诗句是不是有一种亲切、温馨之感？恍若看到“业精于勤而荒于嬉，行成于思而毁于随”“不经一番寒彻骨，怎得梅花扑鼻香”等励志名言一般。

赫西奥德虽然在诗中反复穿插地提到“公义”“神”和“劳作”等不同概念，但给人留下深刻印象的是，这几个概念浑然一体、相辅相成。这里对永生神宙斯的完全、正面的解释不只是一种个人偏好，而是提供了一种形而上的哲学依据，只有全知、全善的“神”的存在，才能推导出古希腊社会最为重要的为之奋斗的理想与目标——“正义”，否则任何道德伦理的基础都是薄弱且不堪一击的。而“辛勤劳作”也是在此基础之上推导而出的适合于每一人的行为准则。在赫西奥德的诗中，我们看到的是构建有序社会的充满理性的正面力量。这也是古希腊后来城邦建设的重要理念基础之一。

第三节　从“神话语境”到“城邦语境”
——提尔泰奥斯和梭伦的“教谕诗”

提尔泰奥斯（Tyrtaeus）和梭伦（Solon）比赫西奥德大约晚一个世纪，当时正值希腊民主思想崭露头角之际，这两位诗人的风格也明显为之一变，从“神话语境”过渡到“城邦语境”，两人更多的是从社会共同体（community）的角度出发，认为个人价值只有通过“城邦”这一集体才能得到体现和实现。这里的许多理念与中华文明的道德伦理情理相通，让人颇感亲切。

在提尔泰奥斯的诗歌中，最令人印象深刻的就是他烈火一般的“爱国主义”。提尔泰奥斯时代的斯巴达正面临一场长期的艰难战争，传说中，他是由德尔菲神庙派来挽救斯巴达的使者，正是在他的诗歌的感召下，斯巴达人英勇战斗并最终取得了胜利。他所表达的核心理念也是之后斯巴达人行为规范的一部分。

希腊人几乎人人会唱这一段：

英勇杀敌为祖国而战，死于最前线最美好……年轻人，坚持抗战吧，勿恐惧，勿可耻地逃窜，你应当有坚毅果断的精神，并肩作战时不要爱惜生命，年轻人倒合这般死！年纪轻轻像朵花，男子看见赞叹，女子看见怜爱，生前美，战死也美。①

斯巴达人对“正义”（just）的观点与赫西奥德有些类似，他们相信善有善报、恶有恶报。对英勇作战者：

他在前方倒下丧失宝贵生命，会给城邦人民和父亲带来光荣/父老和青年都会一齐失声痛哭，全城人民都会为他沉痛哀悼……懦夫的代价则是：弃城而逃，抛下沃土，到处行乞最可哀，带着慈母、父老、稚子、爱妻四处流浪，遇到谁谁讨厌，可恨的贫困压迫他……有辱家族和自己的美好形象，羞辱和苦难也紧跟随。流亡者没人关心，耻辱，丢脸，没人可怜。②

从提尔泰奥斯一系列的爱国主义诗篇中我们可以看到《荷马史诗》中不变的要素“武力”“荣耀”与“正义”；但他讴歌的不再

① Tyrtaeus, “Fragment 12”, in Douglas E. Gerber eds., *Greek Elegiac Poetry: From the Seventh to the Fifth*, LOEB, Harvard University Press, 1999, p. 59.

② Ibid., p. 51.

是《荷马史诗》中的个人英雄，他最爱使用的是复数，是“公民们”与“士兵们”，这正是之后整个斯巴达社会的基本结构。

另一位城邦诗人则是被称作“第一雅典人”的梭伦，作为“古希腊七贤”之一，梭伦用诗歌为雅典城邦立法。“我的灵魂命令我教导雅典人。”① 他是雅典的基石，孩子们在学校里都用心背诵他的诗歌，他的诗歌也在聚会或者诉讼中常被引用。法律是形成公民责任感的最重要力量，也是教育的最重要力量。雅典人愿意听他说话，乐意服从律法的管束。②

梭伦与提尔泰奥斯一样具有爱国精神，他一首题为《萨拉米斯》（*Salamis*）的诗歌曾极大地鼓舞了雅典人的士气，夺回了萨拉米斯岛，也让他在雅典一举成名，并声望日隆。

梭伦与赫西奥德一样追求“正义”（Dikē）的生活，这也是他诗歌的主要内容，是他为雅典城邦立法的细则，如：

> 我愿意有钱，但我绝不想要不义之财；日后报应总会来。凭横行霸道获得的财产来得不正，是被不义的事情迷住心窍。昧着良心为非作歹，随即便会身败名裂；坏事犹如火焰，起于微末，最后造成很大苦恼……③

梭伦的诗歌与我们的传统理念非常吻合，亲切熟稔，看起来非常好懂，基本上都是砥砺善行，相信善恶有报。“许多卑微的人富有，许多好人贫穷；但我们不要用财富来交换美德，因为美德才是

---

① Werner Jaeger, *Paideia*: *The Ideals of Greek Culture*: Volume I, Oxford University Press, 2 edition, 1986, p. 141.

② Diogenes Laertius, *Life of Solon* (*CURFRAG. tlg* – 0263. 11), http: //www. perseus. tufts. edu/hopper/text? doc = Perseus% 3Atext% 3A2008. 01. 0479% 3Avolume% 3D1% 3Atext% 3D5% 3Asection% 3D2. 20170314.

③ ［古希腊］梭伦：《正义》，水建馥译，载《古希腊抒情诗选集》，人民文学出版社 1988 年版，第 81 页。

你的，而财富一会属于一人，一会又属于另一人。”①

与赫西奥德不同，梭伦虽然也歌颂神，但正义的降临不全然是来自神的审判，而更多的是理性的推演。

“如果你因为自己的过犯遭受不幸，请不要归责你的神。”②“智慧于任何事情都极为关键。但其隐而未见的本性，使洞察智慧成为最难之事。”③

正义之所以重要不是来自神的最终裁定，而是因为正义是城邦运转的基础，因为不义的行为会损害城邦机理，会引发民众之间的倾轧，会腐蚀整个“共同体”。而且理性的角色越来越明显，神的颂扬似乎更多的是一种“文化惯性”。

第四节　“回到”荷马
——品达的教育理念

品达可以说是古风时代的最后一位代表，也是古风时代抒情诗的巅峰之人。他的诗又将我们带回了荷马的英雄时代。品达最为人称颂的作品是他的颂歌，歌唱奥林匹亚运动会上运动员获得冠军时最为辉煌的瞬间，或是凯旋时获得城邦热烈欢迎的隆重场景。

品达的诗歌是荷马式的，即使他用的不是史诗格律，即使他描写的是竞技场上的对决而不是《荷马史诗》中真正的战场，但就算随意挑选一首他的颂歌，仍能感受到荷马式的英雄气息扑面而来。

---

① Solon, “Fragment 15”, in Douglas E. Gerber eds., *Greek Elegiac Poetry: From the Seventh to the Fifth*, LOEB, Harvard University Press, 1999, p. 137.

② Solon, “Fragment 11”, in Douglas E. Gerber eds., *Greek Elegiac Poetry: From the Seventh to the Fifth*, LOEB, Harvard University Press, 1999, p. 127.

③ Solon, “Fragment 16”, in Douglas E. Gerber eds., *Greek Elegiac Poetry: From the Seventh to the Fifth*, LOEB, Harvard University Press, 1999, p. 137.

品达的颂歌结构基本近似：获得奥林匹亚竞技的某位冠军，他有着显赫的身世，一般都是神祇或英雄的后裔；这些祖先跌宕起伏的神话传奇，以及他们的卓越品质在他们的后裔——这位奥林匹亚冠军身上再现；冠军历经艰难获得光荣胜利，在城邦永享声誉，这是英雄应得的荣耀，是“正义之花”的再次绽放；在缪斯的赐福之下，诗人为运动员写下颂歌，让他的声名得以永世流传。

以《奥林匹亚颂之一》为例。《奥林匹亚颂之一》旨在庆祝希耶隆（Hieron）在公元前476年取得赛马（Keles）的冠军。这阕颂歌以一个比衬（Priamel）开始：

> 水是万物中最好的；但是黄金，犹如夜里闪烁的火焰，使旁边的一切财富的荣光黯然失色。但是，我的心呵，愿你歌颂赛会的荣耀，不要在白天于那荒凉的空中寻找比太阳更加耀眼夺目的星辰，也不要以为有什么比奥林匹亚更伟大的竞技足资歌唱。（第1—11行）

这是西方文学史上比衬修辞手法的著名案例，采用递进的方式，先赞颂水，然后赞颂比水珍贵的黄金，再赞颂比黄金珍贵的太阳星辰，最后才是重点，比以上美好事物更加珍贵的是奥林匹亚的胜利者。接着就是对诗歌的主角希耶隆及其胜利的盛赞：

> 他挥舞着羊西西里羊群的正义的杖，尽收一切巅峰成就，被最美好的诗歌称颂。（第12—20行）

诗歌很大一部分笔墨是重新建构了希耶隆的祖先珀罗普斯的神话传奇。珀罗普斯的父亲坦塔罗斯是宙斯的儿子，他也是一位神祇，他决意冒着生命危险娶美丽的希波达弥亚公主，为此必须和公主的父亲展开一场赛马竞技，因为这位父亲被预言女儿出嫁之日便是他的死日，所以，他已经残忍地杀害了很多求婚者。但珀罗普斯认为：

既然男人注定一死，为什么要蜷坐在黑暗中，不知何为，寂寂无名地老去，分享不到半点荣耀？绝不！如今凶险就在眼前；你来助我实现目标吧。（第80—85行）①

在海神波塞冬的帮助下，他获得“一辆金色的战车和长着翅羽永不疲倦的骏马”。（第86—87行）至此，奥林匹亚的赛马冠军希耶隆和他伟大的祖先珀罗普斯的形象叠加到了一起，而前者的荣耀更甚：

奥林匹亚盛宴的荣耀更远胜于珀罗普斯，马场上，是速度的比拼，是勇敢力量历经艰难后取得的丰功伟绩。胜利者在余生中永享甜蜜与安宁。（第94—97行）

在诗的末尾处，品达骄傲地“签下大名”并说道：

我的工作是为那人加冕，用爱奥利亚人的骑士格调。我自信今世无人能出我左右，擅长以崇高追求与高贵的力量，用广为流传的诗歌来荣耀（英雄）。（第100—105行）

这是抒情诗兴起后许多诗人的惯例，他们会“巧妙”地嵌入自己的大名，好让自己的名声随着歌声传播，对品达来说，还不仅如此，因为他不仅要诗歌在希腊大地上被唱响，还要自己因为无与伦

---

① Pindar, “Olympian I”, in William H. Race eds. , *Pindar I*, LOEB, Harvard University Press, 2012, pp. 46 – 59.

翻译参考英文译本 http://www.perseus.tufts.edu/hopper/text?doc=Perseus:text:1999.04.0101 和中文译本 http://www.reeds.com.cn/forum.php?mod=viewthread&tid=18504。

比的才华百世流芳：

让我与胜利者们比肩而立，无论何时，因为我的智慧在希腊人中首屈一指。(第 115—117 行)

在品达的诗歌中，我们又读到了颇为熟悉的荷马式的“Arête”：英俊不凡、坚韧不拔的贵族青年，在神灵的庇护下虽历经艰难但最终“超越了他的同辈”，并通过诗歌获得永久流传的声誉。

这种每天都拥有的善是凡人至高的善。(第 99 行)

这里所有的美好事物又和谐地共振在一起，英雄获得荣耀并永享美好生活。

至高之处是冠冕为王，不要犹豫，愿你永远行走在高处。(第 115 行)

品达处在一个民主思潮高涨、贵族政治地位逐渐式微的转折时期。当一代代贵族没落的时候，我们总是可以从那一群体的文学作品中读出“荣华东流水、万事皆波澜”的无奈与不满。但品达的作品却截然不同，他描绘的是一个令人向往、极度荣光的国度，没有讽刺和挖苦，也没有自怨和自艾。尽管那个贵族时代早已逝去，但品达的诗已经超越了时光。其颂歌不只是为一个阶层歌咏，而是为高贵的精神歌咏，这也是品达的颂歌以及古风时代所有教谕诗力量的主要来源，他只朝他认定的美好事物举目，只传达他认定的崇高情感。这些诗歌塑造了古希腊的民族精神，至今仍在广为流传，正是诗歌中这种纯粹、坚定、如烈火般燃烧的高贵追求，才让他们历久弥新。

第四章　诗教的践行

子曰：兴于诗，立于礼，成于乐。

子曰：小子何莫学夫诗？诗可以兴，可以观，可以群，可以怨。

子曰：不学诗，无以言。

最后这句话放在希腊古风时代更是恰当不过了。散文兴起之前，希腊人正式的思想表述途径就唯有诗歌。无论是情感表达、事件描述、规章制定或是哲学思辨，都是采用各种诗歌体裁进行表达。

如克洛丰的色诺芬尼（公元前570年至公元前480年）在阐述万物是土与水构成理论时写道：

一切生成和生长的东西都是土和水
因为我们全都生自土和水
海是水的源泉，风的源泉
如果没有伟大的海，
既不会在云层中产生风力，
也不会有河流和从天而降的雨水；
而大海确是云、风的父亲
还有河水。[1]

---

① G. S. 基尔克、J. E. 拉文、M. 斯科菲尔德：《前苏格拉底哲学家：原文精选的批评史》，聂敏里译，华东师范大学出版社2014年版，第262页。

辩证论的始祖赫拉克利特这样表达自己的辩证思想：

结合物既是整体又不是整体
既一致又分别
既协调又不协调
一切出于一，一出于一切。

又：

他们不懂，区别而又统一于自身：
拉紧的和谐，正像弓与弦一样。

还有他最为人所津津乐道的：

对于踏入同样河流的人们，不同而又不同的水流流过。①

希腊人在学校学的是诗，在各种游艺庆典唱诗，在竞技场上赛诗，夜间酒会上觥筹交错中的主角不是酒而是诗，不会写诗唱诗被人视同于没有教养。

那么，诗歌是如何滋养着古希腊的儿童、青年甚至成年人，实现其教化功能的呢？最初始、最普遍的就是家庭教育或者家族教育了。应该说整个古风时代的教育仍旧是贵族的特权，少年和青年即使在家庭之外也在一个特定的贵族“圈子”里接受教导，“圈子”由比较有威望的诗人带领，这其实与孔子的“私学”比较接近，正式的学校教育是在教授修辞学的“智者”兴起之后才大量出现，其形式也依旧是“私学”。考虑诗人与智者之间的密切关系，可以认

---

① G. S. 基尔克、J. E. 拉文、M. 斯科菲尔德：《前苏格拉底哲学家：原文精选的批评史》，聂敏里译，华东师范大学出版社2014年版，第284、287、291页。

为，这种教师的身份和办学的形式是一脉相传的。除了私学，还有“公学”部分，城邦的诗教以一种比较奇特的方式进行，即古希腊赫赫有名的“城邦合唱队”；即使在正式的学校大量出现之后，“合唱队”仍旧是青年人甚至成年人习唱诗歌的重要方式。此外，古希腊的男子还有另一个重要的被诗歌潜移默化的场所——酒会。这里的酒会不是简单的社交和娱乐场所，同时还是古希腊人高谈阔论、百家争鸣的地方，柏拉图的《会饮篇》就是最好的证明。酒会上，有人吟唱以往的诗歌名篇，有的诗人则会表演自己的最新作品。这样的酒会有些类似于欧洲17世纪后兴起的“沙龙”，是新思想产生和碰撞之所。

第一节　史诗中的“家庭教育”

在中国古代，官宦人家或书香门第有适龄子弟需要上学时，常常会延请“西席”悉心指导。“西席”虽与“东家”是雇佣关系，但其实很受尊重，并不是简单的主仆相处模式，往往成为其家族的重要一员。在古希腊也是如此，比如，我们熟知的亚里士多德在亚历山大13岁时成为他的指导教师；英国思想家、教育家洛克就极力推崇要不惜重金聘请好的家庭教师，他自己也多次担任各界名流的家庭教师。当我们阅读西方大家的传记时，就会发现像康德、黑格尔、卢梭等都有过不短时间的家庭教师经历。无可否认，在孩童成长过程中，长期有一位“良师益友”陪伴是一件何等幸运之事。

古希腊教育还有一个与众不同之处，就是某些奴隶也承担家庭教育的工作。由于战事频繁，很多城邦毁灭之时，一些贵族也沦为奴隶，所以，这些受过非常良好教育的奴隶，足以承担家教这一职责。如希罗多德记载：“当铁米司托克列斯看到他自己的意见为伯罗奔尼撒人的意见所压倒的时候，便悄悄地退出了会议的议席，派一个人乘船到美狄亚水师的阵地去，命令他务必送达一个信息。这个人的名字是西琴诺斯，他是铁米司托克列斯的一名家丁，又是铁米司托克列斯子女的保育师。”① 后来，铁米司托克列斯让他成为一名公民，而且变得非常富有。这种由于家庭或城邦突遭变故一夜之间沦为奴隶家仆，而后又因个人才华咸鱼翻身的传奇在古希腊并不少见。保育师（希腊文 παιδαγωγος，英文 pedagogue），也常译作“教仆”，在古希腊文献中反复出现，也是索菲克勒斯、阿里斯托芬等的戏剧中常见的角色。教仆的身份是奴隶，其职责主要是教导年幼孩子的蒙学，后来还要陪护学龄儿童去学校上学，并常常代替家长管教儿童。教仆因其资质、品性和命运差异而在家庭中起的作用不一，但却是古希腊教育中不可忽视的一支力量，因为“教育学”（pedagogy）一词与此词同源，并沿用至今；雅典城邦的教育体系“paideia”也与此词同源。由此可见，古希腊人对孩子的家庭教育确实颇费心思。

《荷马史诗》中英雄的成长主要依靠家教完成。虽然史诗没有刻意花费笔墨在英雄的成长足迹方面，但教育本身就是生命中不可或缺的部分，所以，史诗中或多或少都会涉及教育或者师生方面的内容。

《荷马史诗》中最耀眼的角色和歌颂的对象当然是那些勇往直前、锐不可当的大英雄，然后是与他们同样勇敢、武力虽然稍逊但却忠良坚贞的战友。这样一类人作为整个社会崇尚的对象似乎在中国文化中从未出现过。虽然在中国古代也有很多绿林游侠通过民间传说广为流传，但他们的身份多是在“豪杰”与“盗匪”之间徘徊，从来都未成为官方表彰的正面形象。《三国演义》中的英雄算是勉强能被主流文化接受的对武力最为渲染的作品了，但这些大将军所依靠的却是曹刘之类的政治家。中国文化中没有像《伊利亚特》中对武力如此肆无忌惮、淋漓酣畅地推崇与渲染，比如，第二

---

① ［古希腊］希罗多德：《历史》，王以铸译，商务印书馆 2013 年版，第 589 页（第 8 卷，第 75 行）。

十卷的巅峰对决就是描述奥林匹亚诸神在宙斯的授意下走向战场，掀起天上人间并行的人神共同参与的一场酣战。

众神纷纷奔赴战场。

……

雅典娜或是站在壁垒外的堑壕上吼叫，或是沿着喧嚣的海岸大声呐喊。阿瑞斯（战神）如黑色风暴，也在另一边喧呼，召唤特洛亚人，或是从高耸的城头，或是从西摩埃斯河畔卡利科洛涅山坡。神明们就这样激励双方厮杀，同时也激起他们自己的战斗欲望。天神和凡人之父在上天可怕地鸣雷，震地神波塞冬在下面抖动广阔无垠的丰饶大地和所有高耸险峻的峰峦。一切都震动不止。[①]（卷 20，第 30—60 行）

……

阿喀琉斯也这样恶煞般挥舞长枪，到处追杀，鲜血淌遍黑色的泥土。有如一个农夫驾着宽额公牛，在平整的谷场上给雪白的大麦脱粒，麦粒迅速地被哞叫的公牛用蹄踩下，高傲的阿喀琉斯的那两匹单蹄马也这样，不断踩踏横躺的尸体和盾牌，整条车轴和四周护栏从下面溅着血，有急促的马蹄和飞旋的车轮纷纷扬起。佩琉斯的儿子为获得荣誉不断冲杀，他那双不可战胜的双手被鲜血沾满。[②]（卷 20，第 490—505 行）

这就是古希腊人最为崇敬的人，也是他们人生最高峰的表现。这不是愤怒中的失控，而是全部能量的爆发。这不是各司其职的神日常工作时的状态，不是闲暇地游弋人间、巡视香火，或者与钟情的凡人交流的表现，也不是神神之间、神人之间无常的心绪变化和尔虞我诈，在这一章中所有的热情与愤怒、热爱与仇恨全都交织一

① ［古希腊］荷马：《伊利亚特》，罗念生、王焕生译，人民文学出版社 2008 年版，第 459—460 页。

② 同上书，第 476 页。

起，通过战争与武力集中解决，在身体与武器的碰触和毁灭中让荣耀达到极致。只有这样得着的荣耀，才是希腊人最欣赏和敬拜的。比起传奇历险的《奥德赛》篇来，《伊利亚特》才是古希腊人特质的真正典型代表。

如果仅仅认为荷马时代的英雄们所受的教育止于荒蛮武力，那就真是误解了！在《伊利亚特》第九章有这样一个细节：埃阿斯和奥德修斯奉命去说服阿喀琉斯，希望他能回心转意，重新参与战斗。当他们来到阿喀琉斯的驻地时，有这样一个场景[①]：

两使节沿着呼啸的大海的岸边前行，
向那位环绕并震撼大地的神祈祷，
希望能说服埃阿科斯的孙儿的心灵。
他们达到米尔弥东的营帐和船只，
发现他在弹奏清音的琴弦，娱悦心灵，
那架琴很美观精致，有银子做的弦桥，
是他毁灭埃埃提昂的城市时的战利品。
他借以赏心寻乐，歌唱英雄们的事迹。
帕特罗克洛斯面对他坐着，静默无言，
等待埃阿科斯的孙子停止歌唱。（卷 9：182—191）

阿喀琉斯会弹琴，会吟诵诗歌，而且在其他章节中我们还可以发现，他会医治、会制造武器，同时还口才卓绝！这不是仅仅在血雨腥风的战场上磨砺出来的英雄，而是精心培养的全人的典范。

古风时代伊始，教育指的仍然是贵族教育，而家庭教育是贵族教育的主要方式。史诗的主角阿喀琉斯就是在两位教师的指导下茁壮成长。一位是前文提到过的人马喀戎（Χείρων），这位“半神”

---

① ［古希腊］荷马：《伊利亚特》，罗念生、王焕生译，人民文学出版社 2008 年版，第 195 页。

是希腊神话中教师的代表，许多英雄都出自其门下。喀戎将这个男孩抚养长大，教导他音乐、医药、骑术、狩猎和武艺等各种技艺。在《伊利亚特》第十一章中，阿喀琉斯的好友帕特罗克洛斯遇到了刚刚被箭所伤的欧律皮洛斯：

现在请你（帕特罗克洛斯）救救我，扶我去乌黑的战船
从腿股里拔出箭矢，用热水把黑血清洗，
再给伤口敷上上好的缓解膏药，
据说阿喀琉斯曾教你如何调制，
他自己是受最正直的人马喀戎指点。[1]（卷11：805—835）

可见，阿喀琉斯不仅亲自受到人马喀戎的指点，还将这些技艺传授给了他的好友，这在英雄的世界里已是众所周知的事情了。人马喀戎的教导不算严格意义上的家教，因为阿喀琉斯是被送去求学的，因此，喀戎的教导有些类似于后面我们将要提到的私学。具体的情形史诗中没有描述，其他文献中也疏于记载。但阿喀琉斯还有一位重要的导师，这位导师在史诗中多次出现，是真正陪伴他长大、比神界的喀戎更加真实的教师，这就是父亲为儿子精心挑选的家庭教师福尼克斯。福尼克斯是阿喀琉斯的父亲佩琉斯的好友兼下属，作为阿喀琉斯的老师与幕僚多次出现在史诗当中，其中在一段对话中，福尼克斯对阿喀琉斯如此说道：

年迈的国王佩琉斯让我与你一起出行。
那天，从佛提亚，他把你送往阿伽门农那里，
当时你还年少，既不懂得战争的险恶，
也不明白怎样在大会上扬名，你父吩咐我，

---

① ［古希腊］荷马：《伊利亚特》，罗念生、王焕生译，人民文学出版社2008年版，第266页。

让我教导你如何成为雄辩家，如何敢作敢为。
……
神样的阿喀琉斯，我把你养育成这样子，
我从心底里真正喜欢你；你不愿同别人
一道赴宴，在大厅里吃肉饮酒，
除非我把你抱起放在我的膝头上。（卷9：435—445、485—490）[①]

父亲佩琉斯将他最信赖的下属福尼克斯指派给儿子，作为他战场和法庭上的同伴。两人关系亲密融洽，孩童时代，这位导师常常把自己的弟子“抱在膝头”，这是师生关系、父子关系的多重叠加，而阿喀琉斯对福尼克斯也非常尊重，称其为：“我亲爱的父亲，宙斯养育的福尼克斯。”（卷9：607）

这位长者不只是抚育了幼年的阿喀琉斯，还陪着壮年的他一同征战特洛伊，“家庭教师”一直伴随学生成长，教导他们知识和礼仪，指导如何应对实际事务，并通过这一途径帮助他们实现更深层次的道德自律。这种教育模式通过这部古老传奇刻画得形象鲜活。英雄不仅力量不凡、勇气超人，而且他们的卓越品质也常与生动活泼的日常生活场景发生关联，并从中得到启发和深化，古老高贵的传统流经他们的生活，以新的意义吸引他们，而“家庭教师”们则共同参与了这个成长过程。

史诗中的家庭教育还有一个特殊环节，就是外出“游历”，如同我们的“读万卷书、行万里路”。如《奥德赛》中奥德修斯的儿子特勒马科斯的成长就是经历了一次漫长、艰辛、希望渺茫且充满风险的游历。年轻的特勒马科斯遭遇到极大的困境，他的父亲久战未归，传言已死。按照当地风俗，一大批觊觎他家族财富与母亲美

① ［古希腊］荷马：《伊利亚特》，罗念生、王焕生译，人民文学出版社2008年版，第204、206页。

貌的贵族子弟前来求婚，在他家中吃吃喝喝长达三年，这群人颇有势力，母亲珀涅罗珀凭着机智与执着周旋了三年，日渐长大的特勒马科斯天天看着这群人内心极其苦痛，却又无能为力。于是，雅典娜化身门特斯，对处在困境中的年轻人说[1]：

你不可再稚气十足，你已非那种年纪，
我看你长得英俊健壮，
希望你能变得勇敢，赢得后代的称誉。

然后，劝他出海去寻找他的父亲，并且为他设计了一条探险的路线：

我还有一个周密的建议，希望你听取。
你准备一条最好的快船，配桨手二十，
亲自出发去寻找漂泊在外的父亲。（卷 1：275—305）

在按照雅典娜设计的这条路线游历之后，其实，并没有为其父奥德修斯返家提供多少帮助，但在外闯荡历练一年的年轻的特勒马科斯迅速成熟，更加聪慧、隐忍、敢作敢当。这种游历生涯在后世的骑士文学中也反复出现，那些浪漫的冒险经历成为骑士文化惹人钦羡的重要元素。这种与基督文明毫不相干的培养方式，就是源于古希腊的英雄文化传统。

史诗中的教育方式对中世纪骑士教育[2]的影响确实明显，其目的都是培养一个贵族武士阶层。中世纪的骑士七技，首先都是关于战斗与竞技方面的，如骑马、游泳、投枪、击剑、打猎，然后是弈

---

① ［古希腊］荷马：《奥德赛》，王焕生译，人民文学出版社 1997 年版，第 11—12 页。

② H. I. Marrou, *A History Of Education In Antiquity*, University of Wisconsin Press, 1982, p. 8.

棋与吟诗，活脱脱的一种贵族家庭的生活，这几项当中大概只有弈棋一项是希腊人完全不热衷的。

除了内容方面的相似，在教育方式方面也有相似之处，如《伊利亚特》第一卷中①：

老祭司在柴薪上焚烧祭品，
年轻人拿着五股叉围着他。
他们做完事，备好肉食，就吃起来，
他们心里不觉得缺少，相等的一份。
他们满足饮酒吃肉的欲望之后，
年轻人将调缸盛满酒，他们先用杯子
举行奠酒仪式，再把酒分给众人。
阿开奥斯人的儿子们整天唱悦耳的颂歌，
赞美远射神，祈求他平息愤怒。（卷 1：470—475）

骑士教育中，当少年年满 8 岁时，要送到高一级的贵族家里充当侍童和侍从，包括帮助在酒宴上准备和分配食物，这个被称作“骑士服务”（courtly service）的环节是骑士培养的必修课。《荷马史诗》中年轻人参加家庭宴会侍奉的情境至少出现了四次，每次都会有相似的流程和仪式。可见，这是当时社会中的一种普遍现象，是年轻贵族经常参与的活动。当然，这都是很荣耀的侍奉，完全区别于一般的奴婢与杂役。

《荷马史诗》中的青年不仅擅长格斗，也擅长吟诗、弹琴以及舞蹈，同时还善于言辞、彬彬有礼。不过，中世纪骑士学校“吟诗”的目的之一是向贵妇人抒情，这对特洛伊的英雄来说只可能是笑话了；另外一点，骑士阶层从来都不是中世纪的最高阶层，而史

① ［古希腊］荷马：《奥德赛》，王焕生译，人民文学出版社 1997 年版，第 19—20 页。

诗世界里的武士则是世间的国王、人民的领袖，两者之间存在本质的区别。骑士文化在某种程度上说是古希腊英雄文化在这块土地上的延续与重演，但是，可以断言，其核心力量变得柔弱、浪漫了很多。

第二节　私学之所：诗人的“圈子”

古风时代的教育不如古典时代体系化，更不如当代教育体系之分门别类层级清楚。这一时期的教育与生活相互渗透、相互衔接。古风时代也没有系统的教育理论，他们只是根据自己的传统、按照他们天才的思维方式向前走着，教育对他们来说就是生活本身，似乎无须额外抽离出来从理念上给予另外关注。这也导致我们理解那个时代的教育总是迷迷糊糊、雾里看花，不知在这样一个诗歌和武力的世界中如何就突然迸发出了一个“古希腊文明”，“长出来一茬又一茬”才华横溢、震古烁今的大家。欲知大道，必先为史。要全面理解古希腊的教育，我们就不得不在这些先哲的文学、军事、政治、哲学文献中进行抽丝剥茧式的解读。

“学校”一词，在关于古风时代的文献中也偶尔出现。普鲁塔克记载诗人萨勒塔斯（Thaletas；公元前7世纪）曾在斯巴达办了一所音乐学校①，细节语焉不详。希腊人的学校多为私塾或私学，即使柏拉图的阿加德米学园也是一所典型的私学，这与我国春秋时期的情形相仿。古风时代的贵族子弟蒙学之后，很多家庭会选择将孩子送到当地较有名望的诗人门下，继续深造学习。为了更加清楚地说明这种“私学”的具体运作，这里以萨福的女子学校为例进行分析。因为古风时代青少年男子受教育的途径很多，而私学只是其中

---

① 参考［古希腊］普鲁塔克《论音乐》，席代岳译：《道德论丛》，吉林出版集团有限责任公司2015年版，第2301页；以及Plutarch，“De Music. 9”，p. 1135，b. https：//en. wikipedia. org/wiki/Thaletas#cite_ ref－5。

的一种，甚至不是最重要的一种，所以，要准确地描述这一场域，聚焦女子教育可能更为清晰，也可以更深入、更全面地展现这一特殊形式的整体风貌。

女子教育不是古希腊教育的主流，在希腊女子的地位不高，即使是海伦这样美丽得连神都嫉妒的女子，也是以在家操持家务为主，并没有政治、军事或者是经济上的真正权势。但任何时代都不能完全淹没那些才华横溢的女子，总有一些神的宠儿能让男子被其才华所折服，在男性话语的世界中，争得一席之地。古希腊诗歌世界中最有影响力的女性毫无疑问当属萨福——被柏拉图称作“第十位缪斯”的希腊女诗人，因其在古希腊世界的显赫声名，吸引希腊世界的贵族少女纷至沓来。萨福用集音乐、舞蹈和绚烂文字于一体的诗歌来教导这些女孩，在不经意间构建了一个特殊的“教育圈子”，这在古希腊也是一种典型的教育模式。

一　教师萨福

萨福这个名字，在西方可谓家喻户晓，在古希腊更是地位超然。梭伦曾听侄子在祝酒时演唱了一首萨福的诗歌，欣喜莫名并现场求教。在旁人问及他缘何如此急切时，梭伦说道：“我学会了，即死无憾。”① 颇有些“朝闻道夕可死”的意味，在一位雄才伟略的大政治家身上居然发生这样的故事着实有些令人诧异。

关于萨福生平确凿可考的资料不多，围绕她还有许多传说与轶闻，其间神话与史实穿插、情史与政事胶着。正是因为希腊人对她异乎寻常的热情与迷恋，才会衍生出如此之多真假莫辨的典故来，这也导致有关她的生平资料中查有实据的部分很少。现在比较公认的信息就是萨福公元前630至公元前612年间出生于莱斯博斯岛的一个贵族家庭，大概卒于公元前570年间。古希腊的城邦大都偏小，

---

① Aelian, “Anthology”, David A. Campbell eds., *Greek Lyric I: Sappho and Aclaeus*, LOEB, Harvard University Press, 1982, p. 13.

相比之下，莱斯博斯算是一个比较上规模，也颇具盛名的城邦。萨福年轻时，由于政治原因被驱逐过，但后来又返回了莱斯博斯岛。萨福无论在身前还是身后都颇受敬仰，据米蒂利尼（希腊某岛邦）的卡里阿斯（Callias）说，当时的萨福很被推崇，在敬拜阿佛洛狄特的节日中，她总是坐在前排。普鲁克斯（Pollux）还提到，米蒂利尼还将萨福的头像印在货币上。[①] 直到公元二三世纪，米蒂利尼还遵循着一个传统——公众在节日中要表达对萨福的纪念。[②]

除诗人这一确凿无疑的身份之外，还能确定的一件事实，就是萨福在莱斯博斯岛上开办了一个“教学机构”，很多贵族家庭都慕名将女儿们送到其门下。在某种程度上说，这个机构可称为“学校”，而萨福也可以称为“教师”。古风世代的风气其实相对开放，希腊的很多贵族子弟，无论男女，只要条件许可都会被送到“名师”处学艺。

（一）打造教育“圈子”

萨福在一封写给法翁（她传说中的恋人）的信中说：“无论是从皮拉还是麦提姆那来的女孩，还是莱斯博斯的那些女孩都不能让我心喜悦。”[③] 由此，萨福亲自证明了她的学生来自不同城邦：不仅仅是来自本岛的优秀女孩，还有来自爱奥尼亚其他地方的女孩。

萨福的这种“圈子”也不是她的创新，因为在她的诗歌中也有她少女时期接受类似训练的种种回忆。当时女诗人的“圈子”也绝不止一个，有趣的是，萨福的“竞争者”也会在她的诗歌或后人为她写的传记中小小露面。如萨福有一个两小无猜的“闺蜜”名叫安德洛墨达，这位密友由于某种原因离开了她（各种“爱恨纠结”的传说不一），而且成了她的同行和竞争对手，也开办了类似的机构

---

① Pollux, “Vocabulary”, David A. Campbell eds., *Greek Lyric I: Sappho and Aclaeus*, LOEB, Harvard University Press, 1982, p. 13.

② Franco Ferrari, *Sappho's Gift: The Poet and Her Community*, Translated by Benjamin Acosta – Hughes, Lucia Prauscello. Michigan Classical Press, 2009, pp. 35 – 36.

③ Sappho, “From Ovid”, David A. Campbell eds., *Greek Lyric I: Sappho and Aclaeus*, LOEB, Harvard University Press, 1982, p. 19.

来教导女孩。萨福的诗歌曾反复提到了这段情谊:[①] “你将会记得/……即使在我们年轻时/做过这些/为了许多美好的事情……”(《残片》,第24行);而在同一首诗歌的另外一部分则更为详细:“在那时你也是一个女孩/热爱歌唱。来吧,所有这些事情/和我们讨论这些事情……/带着慷慨的喜悦/现在我们去一个婚宴庆祝,这些你也知之甚多。/尽可能快地送这些女孩去……/愿神有……/去敬拜伟大奥林匹斯永生之神。”(《残片》,第27行)这是萨福诗中相对较为完整且篇幅稍长的部分,这一段应该是描写一个成年女性送一些女孩去参加婚礼庆典的场景,这是她们的日常活动。这是描写发生在大街上的一个片段,当她送女孩们去参加庆典时,正好路过安德洛墨达门口,而她站在门口默默地看着她们一行人穿过。[②] 诗歌没有对她的心理做任何描写,但是,画面感很强,诗人与对方长久的对视留给读者无限的遐想。

萨福式的教导并非独此一家,也不仅局限于那个年代,后来的妇女们特别是女性诗人纷纷效仿萨福。希腊智者学派腓勒司多斯(Philostratus)的《阿波罗尼传》中有这样一段对话:[③]

“你那天问我”,阿波罗尼说,“那个潘菲利亚的妇女的名字,就是据说和萨福有关系的那个,创作伊奥利亚和潘菲利亚(Pamphylian)风格的诗歌敬拜佩尔盖的阿耳特弥斯(月亮与狩猎的女神)。是这样,这个技巧娴熟的妇女的名字是达摩菲拉(Damophyla),据说她将一群女孩子聚集在她周围,创作爱情的诗歌与乐曲,就像萨福所做的那样。她的颂歌是模仿萨福的。”

---

① Sappho, “Fragment” (24, 27), David A. Campbell eds., *Greek Lyric I: Sappho and Aclaeus*, LOEB, Harvard University Press, 1982, pp. 75 – 77.

② Franco Ferrari, *Sappho's Gift: The Poet and Her Community*, Translated by Benjamin Acosta – Hughes, Lucia Prauscello. Michigan Classical Press, 2009, p. 31.

③ Philostratus, “Vit. Apoll. 1. 30”, David A. Campbell eds., *Greek Lyric I: Sappho and Aclaeus*, LOEB, Harvard University Press, 1982, p. 21.

推罗岛的马克西姆（Maximus of Tyre，约公元125—185年）以苏格拉底与弟子之间的关系为模型，来解释萨福与女弟子之间的关系。“她（萨福）的爱于女子，就似他（苏格拉底）的爱于男子。他们说，他们都会沉醉于所有美好事物……（教导时）有时她会责备她们，有时她会细细询问，有时她又会讽刺一下，就像苏格拉底一样。”[①] 这其实既是萨福和苏格拉底与弟子相处方式的相似之处，也是女子教育模式与男子教育模式的相似之处。

（二）质疑的声音

对于萨福的教师身份，也有人提出了质疑——怀疑萨福的“圈子”是否真的称得上教育。如古罗马诗人奥维德（Ovid）就质问道：“到底她教了什么，除了将爱与酒混合，这位提奥斯的缪斯给予了她们什么？到底莱斯博斯的萨福教导了女孩什么？除了如何去爱！”[②] 其实，从诗人的质问中反而可以看出，虽然奥维德对萨福教导的内容颇为不满，但事实是那个时代的人确实将萨福视为一个教导者。

在当代，也有学者对萨福的教师角色颇有争议。如霍特·帕克认为，把萨福视为女教师的做法，是在我们对上古莱斯博斯社会文化缺乏全面了解的情况下，对男性社会关系的一种想象模拟。普鲁塔克（公元50—120年）则是更具有斯巴达男子同性关系的想象来界定萨福。[③] 还有很多学者也认为，对萨福教师身份的认定是为了“洗白”其同性恋身份，以保持她与其文学地位相称的光辉形象。

但我们也可以反过来推想，既然有许多古希腊的学者都认为她在教导年轻女子，那我们反对的理由是什么呢？是因为萨福没有按照现代教育的形式来组织教学吗？是我们会比古希腊人更加了解那

---

① Maximus, “Oration”, David A. Campbell eds., *Greek Lyric I*: *Sappho and Aclaeus*, LOEB, Harvard University Press, 1982, p. 21.

② Ovid, “Somgs of Sadness”, David A. Campbell eds., *Greek Lyric I*: *Sappho and Aclaeus*, LOEB, Harvard University Press, 1982, p. 43

③ 田晓菲：《“萨福”：一个欧美文学传统的生成》，生活·读书·新知三联书店2003年版，第18—19页。

个时代的教育吗？从另一个角度来看，萨福取得如此之大的文学成就，而且除她之外，希腊还有一些杰出的女性诗人，那么她们的教养从何而来呢？是谁教导了这些女孩呢？至今并没有资料显示古希腊有女子混杂于男子之间接受教育的风俗，萨福在自己的诗歌中也描写了她年幼时与女孩们一起唱歌跳舞的场景，这不正是古希腊岛邦贵族女子成长的常规方式吗？推罗岛的马克西姆以苏格拉底为原型来推测萨福与女弟子间的关系，这倒是合情合理，而且因为女子的活动范围相对狭小，萨福和弟子之间的关系可能比苏格拉底及其追随者之间的关系更为封闭，也更为亲密。至于将萨福当作教师是为了洗净她身上的“同性恋”污点，这倒是有些“过虑”，这是将教师与同性恋角色对立起来，并不符合古希腊的风俗；况且萨福的一些爱情诗歌可能只是一种文学表达方式，就如中国古代的许多闺怨诗就是由男性诗人创作一样，这些情怀只是一种诗意表达，而并不一定来源于诗人自身的经历。况且对教师身份的考察主要是基于教育现实，而并非其婚恋取向，如若按照这种判断标准，即使如苏格拉底和柏拉图等的教师身份也着实堪忧了。萨福的一些诗歌确实强烈地表达了对女性的炽烈情感，但萨福教导青年女子的事实也不能轻易被抹杀和否定。即使是萨福没有明确标明自己的“教师”身份，也没有刻意去打造一个“学校”，但这正是古希腊教育的原初形态，她这种将生活与教育深度融合的方式其实才是教育最自然而然的方式。

二　教养女孩

古希腊的历史学家狄奥尼索斯说：“有一种文学分支，不以壮丽，而以优雅和精致取胜，以期达到优美动人的效果。此外，它在安排词句方面从不随随便便，而是仔细衡量字词如何搭配才能悦耳和迷人，把每个字都放在合适的地方，不但把它们琢磨得圆美流转，而且使所有的关节都相互协调……在诗人那里，我以为赫西奥德、萨福和阿那克瑞翁做到了这一点。"[1] 由此可见，萨福"圈子"中的女孩们得到教养的价值所在。

（一）教育目标——成为"最美丽的新娘"

萨福的诗歌被归为婚嫁曲（Hymenaios），有的学者也将其译作"闺女歌""妆奁诗"。这是古希腊诗歌一个庞大而特殊的种类，不仅女诗人创作婚嫁曲，大量的男性诗人也参与创作。这类诗歌表演的直接目的就是在公开场合表现出女孩待字闺中的美丽与优雅，以为其赢得美好婚姻做准备。可以说萨福的"学校"培养贵族女孩最直接的目的就是让女孩变成"最美丽的新娘"。

萨福创作了大量的婚嫁曲。修辞学家希迈里奥斯（Himerius）曾在《格律指南》中引用了萨福的一首诗：[2]

> 快乐的新郎啊，你的祈祷已经实现，你的女孩正是你祷告的样式……你（新娘）姿态优雅，你的眼睛……温柔，爱流过你的美丽的脸……女神让你如此出色。（《残片》，第112行）
>
> 哦，多么美丽的新娘！哦，多么高雅的新娘！（《残片》，第108行）。

历史学家狄奥尼索斯（Dionysius）的《论文学创作》引用了萨福的一首诗：

> 新郎啊，从来没有一个女孩像这样。（《残片》，第113行）

修辞学家阿特那奥斯（Athenaeus）在他著名的《智者欢宴》一书中也引用萨福的一首诗：

---

① 田晓菲：《"萨福"：一个欧美文学传统的生成》，生活·读书·新知三联书店2003年版，第15页。

② Sappho，"Fragment"（112，113，141），David A. Campbell eds.，*Greek Lyric I*：*Sappho and Aclaeus*，LOEB，Harvard University Press，1982，pp. 137，154.

一碗豚草已被调和，他（Herms）拿了壶，倒了酒献给神。他们都持有酒杯，他们供奉奠酒，用所有方式祈求祝福新郎。（《残片》，第141行）

还有一首比较完整的《新娘》：

像一只可爱的红苹果，还在枝头，还在顶梢，被采摘的人遗忘了——不是遗忘了，是够不到。①

那么，女孩们如何通过这些诗歌获得美好婚姻呢？这些训练有素的女孩展现自身才艺的方式就是参加各种公众表演。古希腊城邦有很多的节日庆典和宗教敬拜，男孩女孩都有大量的参演任务，这也是青年男女择偶的重要时机。在歌队表演中，到了婚嫁年龄的女孩会成为中心被隆重推出，其他稍微年幼的女孩则作为陪衬。如在阿尔克曼著名的婚嫁曲 *Louvre Partheneion* 中，两个适龄女孩作为歌队的正副队长，被其他女孩如众星拱月一般衬托出来：

……所以我要歌唱耀眼的安琪拉：我看她就像太阳，她的光芒将我们聚拢，这是我们的见证；我们著名的合唱团的队长，我们都无法赞扬或是诋毁她；因她是如此卓越……还有我的表妹安格斯可娅（Hagesichora），纯色的金发闪亮，她银色的脸庞，为什么我要告诉你啊？这就是安格斯可娅，仅次于安琪拉的美丽女子，像一匹快马……②

这两个女孩应该是到了适婚年龄，而其他女孩还比较年幼，台

① ［古希腊］萨福：《新娘》，水建馥译，《古希腊抒情诗选集》，商务印书馆2013年版，第121页。

② Alcman, "P. Louvr. E 3320", in David A. Campbell eds., *Greek Lyric: Anacreontea – Choral Lyric from Olympus to Alcman v. 2*, LOEB, Harvard University Press, 1982, p. 361.

下的观众也不只是女性，还有城邦的公民，当然包括适婚的男子。这种歌队的功用非常明显，对女孩们来说非常重要，即使是年幼的女孩，也能在伴歌伴舞中习得诸多技艺。这种方式不只是在古风时代盛行，直到泛希腊化时代，待嫁的女子仍会在城邦节日和庆典上精心装扮，表演才艺，以期获得美满的姻缘。

萨福要培养女孩成为“最美丽的新娘”，那么，在她的学校里要教导女孩的绝对不止“如何去爱”这一件事情。首先，女孩要如何才值得被爱，女孩作为待嫁新娘正式出场的时候要如“一轮明月向大地洒下银辉，她四周环绕的群星光彩消退”。(《残片》，第 34 行)[①] 达成这一目标的途径就是诗歌训练，女孩们要借着诗歌变得美丽优雅，其间包含大量的音乐、唱歌、跳舞、仪表等训练。

因为女孩们要参加各种节日和祭祀表演，所以，她们除能歌善舞之外，还要通晓各种礼仪、程式和祭品摆放规则等。萨福的诗歌中也有很多对具体仪式的描写，当然，这些描写都掺杂在她清丽脱俗的文字和细腻浪漫的情感之中：

到我这里来吧，从克里特岛神圣的庙宇里，这里是您愉快的苹果树小树林，祭坛在焚香；冷水潺潺流过苹果树枝，整个地方是玫瑰阴影，并微微发亮的树叶，睡意袭来。其中有草地，吃草的马，春天盛开的花朵，而风轻轻吹……赛普利斯，优雅地取出花蜜，倒进金色杯子，搅拌，为了我们的节日（《残片》，第 2 行）；在服侍缪斯的殿中不应当有哀歌，这不适合我们。(《残片》，第 150 行）满月的时候，妇女们围绕着祭坛，各就其位。(《残片》，第 154 行）

值得一提的是，萨福诗歌中关于服饰的描写非常之多，这非常符合她女性诗人的身份，但同时也是贵族少女的必修功课。对于不

---

① Sappho, “Fragment” (34), David A. Campbell eds., *Greek Lyric I*: *Sappho and Aclaeus*, LOEB, Harvard University Press, 1982, p. 83.

合宜的服饰，萨福也从不吝啬她那辛辣犀利的言辞：

哪来的乡下姑娘，俘虏了你的心……穿着土气衣服……不知道怎么拉她的衣服遮住脚踝？（《残片》，第57行）真正高雅的服饰应当是这样：我的母亲（曾说过）在她青春时，有人用紫色（发带）给她绑发，这确实是一个美丽的装饰；但对于头发比火炬更黄的女孩应用鲜花盛开的花环。近日……一种装饰的发带头带从萨迪斯来……（《残片》，第98行）；手巾……紫色，熏香，这是玛娜思从福西亚送给您的昂贵的礼物……（《残片》，第101行）。①

服饰不仅是女性爱美天性的自然流露，也是贵族阶层生活礼仪的一部分。萨福对服饰的关注不仅仅是重视其价值所代表的阶层，更是注重其间的审美。服饰的搭配是知识和教养的体现，是整体美的一部分，也是对诗歌、舞蹈的衬托。只要歌声、舞步、仪态与服饰皆尽善尽美，在表演中，自然能将待嫁的女孩置于最优势的地位，得到最优秀青年的瞩目。对古希腊女子来说，这可能是生活中最重要的事件，这种教育的价值对女孩来说也就不言而喻了！

（二）教育方式——用诗歌塑造心灵

萨福建立了自己的“学校”，许多贵族家庭慕名而来，把家族中未婚的女孩交托在她的手中。那么，在萨福的眼中，怎样才是一个有教养的女子呢？

在她的诗歌中描写了一位从萨迪斯（西亚古吕底亚王国的首都）来的女子，在莱斯博斯岛学成后回到了故乡。因其所受的教诲与熏陶，此时再与家乡的妇女相比已经是云泥之别：

萨迪斯……常常思念这个地方……像个女神，在你的歌声中获

---

① Sappho, “Fragment” (2, 150, 154, 57, 101), in David A. Campbell eds., *Greek Lyric I: Sappho and Aclaeus*, LOEB, Harvard University Press, 1982, pp. 57, 161, 163, 101, 127.

得极其快乐。现在她站在吕底亚的妇女们中间，像日落之后玫瑰色手指的月亮（女神），超越了一切星，光芒四射像盐的海和花的田；美丽如露珠倾吐，如玫瑰绽放，如温柔的香芹绚丽的香草……①（《残片》，第96行）

这是在萨福的“圈子”里受过良好教育的女子，因为在优美的诗歌中长大成人，所以，在众多女子当中宛如鹤立鸡群一般光彩夺目。而与之相反的是，对于那些缺乏良好诗歌教养的人，萨福的言语有时非常犀利。在一首“致没有教养的女人”的诗中，她诅咒道：

当你死了你会躺在那里，世上再无任何对你的回忆与向往，因为你与缪斯的玫瑰无份；在阴间的殿宇中，在我们中间漂浮却不被看见，在那些阴暗的尸体中飘来荡去。②（《残片》，第55行）

与没有缪斯恩赐以致死后将籍籍无名被人遗忘相比，萨福则会因自己的诗歌而得到永生。在帕拉汀诗选③中，有这样一个片段：

当你经过伊奥利亚的墓旁，陌生人，不要说我，米蒂利尼的女诗人，死了：人的手建立了它，这样的作品会消失并迅速遗忘；但如果你用神圣的缪斯之名来判定我，我已在她们每个名字之旁献上了鲜花，你会知道我已经脱离了阴间的幽暗，世上不会再有一个破晓黎明，不会说起萨福之名，这个抒情女诗人。

修辞学家希迈里奥斯（Himerius）评价说：“妇女当中只有萨福

---

① Sappho, "Fragment 96", in David A. Campbell eds., *Greek Lyric I: Sappho and Aclaeus*, LOEB, Harvard University Press, 1982, p. 121.

② Ibid., p. 99.

③ Ibid., p. 29. 这是 Palatine Anthology 选集中的一个片段，是后人咏颂萨福的。

独自热爱着诗歌如同热爱美貌，一切的诗歌献给阿佛洛狄特和爱情，让一个女孩借着她的诗歌美丽和优雅起来。”

萨福的诗歌主题除用心最多的爱情之外，其次就是歌与舞：

我要有……和谐……喜悦的合唱……清越声音（《残片》，第70行）；没有哪一个看到过阳光的少女及得上你的才艺（《残片》，第36行）；出发，向特洛伊，混合了甜美音响的长笛和箜篌，应和着响板的伴奏，少女们清亮唱起一只圣歌，令人惊叹的歌声直上青天。（残片，第44行）

《残片》第5行这样描写：

名字众多的你们……孩子们……诗歌的热爱者，清朗竖琴声的演奏者；年岁已经枯萎了我的皮肤，发色由黑转白，我的膝盖不能带着我……跳舞，如你们这样小鹿一般。①

有学者推测这段诗歌是让孩子们围着诗人跳舞，以证明她们的技巧。也可以推测，这是训练女孩们的一个常规方式。

萨福的教育“圈子”是古希腊女子教育的典型，与当时的主流男子教育相比有较大差异。从教育目标来看，萨福要教导的是风姿卓绝的美丽新娘，男子教育要培养的是铁血战士和优秀公民；从教育内容来看，诗歌教导与军事训练是古风时代的两大教育板块，萨福的女子教育明显舍弃了后者，也因此游离于主流教育体系之外；从教育形式来看，萨福的教育“圈子”在某种程度上仿照了当时的男子“文教”格局，虽然招收对象范围相对狭小，活动场域也不够宽广，但运作方式却异曲同工。同时，因萨福的教育机构简单明

---

① Sappho, “Fragment” (96, 55, 70, 36, 44, 58), in David A. Campbell eds., *Greek Lyric I: Sappho and Aclaeus*, LOEB, Harvard University Press, 1982, pp. 121, 99, 107, 85, 91, 101.

了，我们可以更好地理解古风时代教育的基本形式。

“第十位缪斯”萨福作为古希腊最富声望的女性代表，因其罕见的绮丽文采成为希腊女孩心仪的导师，而她诗歌与生命的高度契合、教导与生活的浑然一体，让我们对教育的理解更加深入和透彻。萨福，这位自诩玫瑰的伟大诗人也因教师这一身份而为自己的璀璨生命又增添了一缕神秘与芬芳。

第三节　另样公学：城邦合唱队

按照古希腊的标准，怎样才算是受过教育的人呢？柏拉图在他的《法篇》中说得很清楚：“没有受过教育的人，我们指的是他没有受过歌舞方面的训练；受过教育的人，我们指的是他受过彻底的歌舞训练。”（《法篇》，654A）①

阿里斯托芬在《云》中这样怀念古时的教育：②

我要谈谈从前年轻人的教育是什么样的：那时代
我们很成功地传授正直的德行，人人知道节制。
首先是学校里听不到孩子们的哭喊尖叫声；
其次甚至大雪天，同区的学生都只穿着单衣
队伍整齐地，一同穿过大街前往乐师家里。
他们在那儿张开腿站着，学习歌唱，
不是唱“遥远的战歌”，便是唱“毁灭城堡的可畏的雅典娜”，
大家的声调都很和谐，这和谐原是由他们的祖先传下来的。
如果有人发出颤动的音调，他一定会被人家

① ［古希腊］柏拉图：《法篇》，王晓朝译：《柏拉图全集》第三卷，人民出版社2003年版，第400页。

② ［古希腊］阿里斯托芬：《云·马蜂》，罗念生译，上海人民出版社2006年版，第73页。

打得半死不活，因为他破坏了音乐。（第960—975行）

……

我们曾经用那种

教育出马拉松的英雄。（第985行）

从这个片段中可以比较直观地了解古风时代青少年所接受的音乐教育。这里，诗人①将音乐教育几乎等同于教育，因为古风时代的教育就是音乐教育和军体教育，这两种教育既有区分，又彼此综合渗透。这个片段中孩子们练习的诗歌都是战歌，队伍整齐，配合熟练，步伐和姿态也是按照战士的要求进行训练；而且孩子们在雪天都只身着单衣，条件十分艰苦，这与其他文献资料对古风时代男子教育的描述十分吻合。这些孩子一起歌唱，声音和谐，明显经过专业的合唱训练；那些跟不上和音而跑调的同伴会被另眼相看，孩子们可是很专业的！诗人要强调的重点是：雅典就是这样培养出了马拉松的英雄，在合唱之中！在音乐之中！

希腊的合唱队可以说属于“公办”性质，但与商周的“学在官府”有所不同。商周的“辟雍、东序、上庠、成均、瞽宗”中均有大量的礼乐教学，这些学校都是中央办学，集中招生、授课，服务于庙堂典仪，与帝国集权制遥相呼应；而城邦的合唱队缘起于雅典的民主制度，扎根在古希腊的竞技风俗，两者虽然都是乐教重镇，但模式却大相径庭，这导致我们容易忽略希腊城邦独特的教导方式，很难理解合唱队的真正性质。

一　法定的合唱队

在古风时代的希腊，学校还没有大规模出现，也没有形成层次递进、内容分化、教学对象明确的教育体制。这一时期的教育机构

---

① 从广义上说，古希腊戏剧也被归为诗歌的一种形式，所以，埃斯库罗斯、阿里斯托芬等戏剧家常称作诗人。

与组织形式非常多元，彼此之间衔接随意且自由。一个在经济上负担得起的家庭，可能会延聘家庭教师，就像前面分析史诗英雄阿喀琉斯一样，他的父亲选定了品行学识俱佳的福尼克斯做他的导师和顾问。除家庭教师之外，如果某一地区有公认为优秀的教师，也会有很多年轻人慕名前去，或者家长主动把孩子送过去，如前文提到过的萨勒塔斯和萨福。另外，有些教师是职业教师，以学费为主要生活来源，这也是后来成规模发展的私学的主要力量，其中，声名最盛的当属普罗泰戈拉和高尔吉亚。有些教师则是如苏格拉底、柏拉图一般，并不收费，凭借才华和人格魅力在其周围自然而然地聚集一帮青年才俊，追随左右。从对后世的影响来说，似乎这些大师才是古希腊教育浓墨重彩、流芳百世的人物；但就其当时对城邦的影响力而言，这些大师及其教育组织方式对古希腊城邦的影响力着实比不上城邦建立的合唱队。

我们首先以雅典的合唱赛事为例来大致了解一下城邦合唱队运转的轮廓。雅典城邦按照地理位置划分了十个部落（“部落”是直译，其实是十个行政区），每年的酒神节都要举行部落之间的合唱比赛，每个部落组织青少年组和成年组两支队伍，每支队伍 50 人。为了积极准备这场赛事，合唱队要训练好几个月时间，部落还要花费巨资请人创作歌舞，制作服饰。这种每年一度的盛事不仅吸引了大量的观众，十个部落之间也彼此较劲，将夺冠视为极其重要的事情。每年的比赛都是部落的重要事务，培养和挑选合唱队成员也是部落的常规工作，能够入选合唱队是一件光荣的事情。当然，个人资质的培养基本上还是属于私人事务，以家庭为单位负责主要投入。但入选以后，城邦会提前几个月开始组织训练。可以说，合唱队成员的教育既是家庭的职责，同时也是城邦的职责；合唱队成员既要有出色的个人资质与才华，又要有公共合作意识。如当年城邦合唱比赛的组织者德摩斯梯尼就曾经抱怨乐手不参加训练：

难道他不知道合唱队在一起锤炼是十分必要的吗？雅典人啊，

我们的合唱队不经过训练就参加比赛，我们将会遭遇最大的羞辱。

为争得冠军，部落之间明里暗里动作频频。除精心创作、刻苦排练之外，歌队有时还要应对其他骚扰。德摩斯梯尼就强烈抨击他的竞争对手美狄亚（Meidias），据说这位对手曾经强行闯入金饰店毁坏了他为歌队定制的黄金冠，以至于他们没有得到奖金。[①] 色诺芬的《希腊史：雅典政制》中也提到，雅典人要审理很多案件，“他们每年要平息那些在狄奥尼修斯节、收获节、泛雅典娜节、普罗米修斯节和赫淮斯托斯节上，因争当合唱队长而发生的争执”（雅典政制，3.4）。[②] 歌队队长要承担歌队成员的服装、聘请教练等费用，虽然开销不菲，却是一件很光荣的事情。在雅典国势昌盛之时，争当歌队队长对于许多富裕公民来说颇具吸引力。[③] 虽然暗地里的争斗并不那么光彩，的确给美好的歌唱带来了一些阴影，但丝毫不能掩盖雅典人对合唱队的重视与热爱。歌唱比赛是盛大节日的一部分，也是节日的最高潮，城邦处在欢乐的海洋之中。

在雅典酒神节的合唱比赛时，雅典人会首先大吃大喝畅饮一番，然后再去观看演出，带着花环，整个赛季都会为歌队祝酒，四处酒香四溢。当歌队进场时，观众会向他们敬酒，当他们演出完离开时，会再次向他们敬酒。[④]

合唱队的“指挥”一般都是高薪聘请的大诗人，合唱队每年也花费不菲，雅典人不管是组织者、参与者还是观众都投入了大量钱财、精力与时间，但这些耗费并没有招致谴责，反而受到法律保障，而这份法律上的支持绝不仅仅是为了满足雅典人的欢愉！

---

① Eva Stehle, *Performance and Gender in Ancient Greece: Nondramatic Poetry in its Setting*, Princeton University Press, 2014, pp. 4 – 5.

② ［古希腊］色诺芬：《希腊史：雅典政制》，徐松岩译注，上海三联书店 2013 年版，第 371 页。

③ 同上。

④ Eva Stehle, *Performance and Gender in Ancient Greece: Nondramatic Poetry in its Setting*, Princeton University Press, 2014, p. 3.

二 公民教育

对于城邦的人来说，歌队意义非凡。对于古风或者古典时代出生的希腊人来说，如果出生较好、资质不差，也许从少年时代到青年时代及至中年时代，每年都会在歌队中度过好几个月，平时也会为能成为歌队的一员而进行适当的自我训练，争取在公共场合能出类拔萃。到了老年时代，他们依旧观看各个歌队的表演，或是以长者身份参与歌队的竞赛评比。柏拉图就曾建议成立三支不同年龄段的歌队：

> 首先，男孩组成的歌舞队应该献给缪斯，在第一次公开登台亮相时应向整个城邦展现它的全部能力。其次，三十岁以下的成年人的歌舞队在表演时应当祈求医神（阿波罗），为他们道出的这种学说的真理作见证……当然还必须有三十至六十岁之间的人组成的第三支歌舞队……必然称作狄奥尼修斯的歌舞队。[①]（柏拉图：《法篇》，664D）

歌队对城邦和公民的教育绝不止于青少年，而是一以贯之地延伸到中老年人。对于生活在这一时代的希腊人来说，城邦合唱队是他们参与公共教育的首要途径。

那么，如何通过歌队来教导青年人呢？

首先，通过诗歌来陶冶合唱队成员的性情。就如孔子所说“唯乐不可以为伪”一样，任何人的心灵都会与其所喜爱的舞蹈音乐自然呼应，“一个与悲痛作斗争的富有男子汉气概的灵魂和一个在同样处境中胆怯的灵魂”是不会以同样的姿势和语言来表达自己的。合唱队对诗歌的选择一般都是歌颂奥林匹亚众神，歌颂对城邦的热

---

① ［古希腊］柏拉图：《法篇》，王晓朝译：《柏拉图全集》第三卷，人民出版社2003年版，第413页。

爱，歌唱运动会获胜的英雄等主流旋律的主题。

其次，诗歌教导人们热爱城邦。最受斯巴达人喜爱的合唱诗是爱国篇章，提尔泰奥斯的名篇这样唱道：[①]

让我们服从国王，他们是神的近裔。宙斯他本人，克罗诺斯的儿子，赫拉的丈夫，将这座城邦交与赫拉克勒斯的后嗣。和他一起我们离开多风的额瑞尼奥斯（Erineos，城市名），来到珀罗普斯的开阔岛屿。

听从福波斯，他们从皮托带回神谕和可靠的预言。神圣的荣耀的国王，他们关心斯巴达这可爱的城邦，年老的长者是最初的顾问；然后斯巴达人中的男子，用直接的语言，说正直的话语，事事行公正，不给城邦提出偏邪的建议。胜利和权力伴随斯巴达众人。因这是福波斯对这个城市的启示。

当斯巴达的男子从小唱着这样的诗歌长大时，内心充满了对自己城邦的巨大的自豪感和荣誉感，因为诗歌教导他们，斯巴达人的祖先是希腊最伟大的英雄赫拉克勒斯的后裔，是神的后裔，所以，斯巴达人也是希腊城邦中最为崇尚武力的族类。城邦的男子行事公义，不说邪妄之语，德尔菲的阿波罗神都爱这座城邦，预言这座城邦将是胜利之邦，是全希腊的领袖。可以想象当斯巴达的男子在广场、在军营、在战场上唱着这歌的时候，是何等的激昂和充满斗志。

诗中不断地重复"我们"！"我们"！即使是周边的观众听到这些，也会自动地将自己代入这个"我们"，不断地内化这种从同一祖先、同一血统而来的身份认同感，感知自己是这一卓越群体中的一员，自然也会按照诗中所说的去服从城邦与国王，这种对权威的顺服不是枯燥地强行加予，而是心甘情愿地融入其中，成为一员，

---

① Tyrtaeus, "Fragment 2", in Douglas E. Gerber eds., *Greek Elegiac Poetry: From the Seventh to the Fifth*, LOEB, Harvard University Press, 1999, pp. 37 - 39.

是欣然的顺服。而且若不是一遍一遍地反复歌唱，斯巴达的青年们如何记住这是阿波罗神的预言呢？借用歌声来传达神谕也是教导的有效方法。这是合唱的神奇之处，用很短的篇幅、铿锵有力的节奏，叙述了城邦的光荣历史，赞扬了政治体制，又通过反反复复地训练与表演强化了这种城邦归属感，合唱队的“公民教育”确实非常直接有效。

诗歌被保存下来，作为贵族教育的一个部分，起初是为了培养武士，但那些著名的诗人通过其在公众中的表演成为社会和政治生活的建议者。亚里士多德在《政治学》中就是将斯巴达和克里特的政体放在一起论述的，认为斯巴达是从克里特引进了政治体制，而这个中介就是诗人萨勒塔斯和诗人特尔潘德。来自克里特的萨勒塔斯作为古风时代斯巴达最有代表性的人物，他是一个专业的阿波罗颂歌作者，同时也是城邦的法律制定者和发言人。他的诗非常直接地颂扬公民的顺服与和谐，希望通过这一方式开创和维持社会秩序。萨勒塔斯被推测与斯巴达的直接立法者、古希腊七贤之一的吕库古（Lycurgus）有联系，因为后者造访过克里特——诗人的故乡，也由此推论吕库古以此为基础建立了政治体系；甚至后来有人误以为“Nomos”（法律）一词是源于萨勒塔斯。诗人当时因其卓越的智慧和政治能力而闻名于克里特岛，虽然他是一个专业抒情诗人，但其实他是以诗歌为渠道，致力于政治与立法。①

这些诗人都是蜚声整个希腊半岛的大诗人，他们的诗歌在各个城邦传唱，合唱诗歌中的理念代表官方的正统思想，通过反复练习，在一代代希腊人中沉淀、扎根。每一个曲目都要小心遵守适当的音调（包括他的节奏和旋律在内）；曲调有严格的规范，任意改变所指定的音调都是违背律法的行为（普鲁塔克：《论音乐》，6）。据说亚哥斯人有一次对于破坏音乐规范的乐师视同犯罪施以惩处，

---

① ［古希腊］普鲁塔克：《论音乐》，席代岳译：《道德论丛》，吉林出版集团有限责任公司2015年版，第2298、2301、2303页。

因为他们发现，这位演奏者要让城邦接受新式的乐器，同时他对混合吕底亚调擅自加以改变（《论音乐》，37）。亚里士多德提到合唱队的和声庄严、神圣、伟大，“和声的天籁之音具有神性、高贵和奇妙的特征”（《论音乐》，23）。[①] 这些合唱队就是城邦的主流媒体，是宣传的主渠道；最为重要的是，希腊人对此充满诚挚与热爱。

除了爱国教育，诗歌中也有很多道德伦理的内容。如梭伦的：

许多坏人有钱，许多好人贫寒，然而我们决不以品德去和财富交换，因为品德永久，而钱财它时又归与他人。[②]

另一首诗同样劝民众不要执着于物质财富：

这两人一样富足，一个拥有大量白银和黄金，盛产麦子的田地及骡马。另一个只拥有这样一些东西，健壮的胃口、腰背和脚腿，这些才是世人的财富。尽管有比这些更多的钱财也带不进冥土，没有任何赎金能让人逃避死亡和重病，逃过那越来越近的老年之苦。[③]

这里基本属于普世的伦理教育了，说明了钱财与品德的关系、钱财与身体的关系。

又如泰奥格尼斯：[④]

① ［古希腊］普鲁塔克：《论音乐》，席代岳译：《道德论丛》，吉林出版集团有限责任公司2015年版，第2299、2319、2309页。

② ［古希腊］梭伦：《忠告》，水建馥编译，《古希腊抒情诗选》，商务印书馆2013年版，第88页。

③ ［古希腊］梭伦：《两人一样富足》，水建馥编译：《古希腊抒情诗选》，商务印书馆2013年版，第86页。

④ 转引自［英］阿尔弗雷德·齐默恩《希腊共和国：公元前5世纪雅典的政治和经济》，上海人民出版社2011年版，第95页。

知识与财富，哪个更有力量？人类苦苦思索，却不得结果。似乎已经拥有太多财富，然而贪婪低语道："再多一些吧。"最有智慧的人省视内心：瞧，你应该听从智慧女神的引领。让贪婪走开！你知道自己的内心爱智慧胜于一切。

诗歌赛会和游吟诗人声望的重要性不在于直接地愉悦观众，而更在于其教育性。诗歌是文化教导的工具，同时也是行为规范的典藏。通过个性塑形，它致力于为统治阶层教导其成员；并试图在较低阶层中建立一种倾向，通过接受同时代贵族的行为模式（这些贵族又是依照英雄先辈们的模式），增强社会整合性，为城邦有序发展服务。[①] 梭伦对此早有定论：适合社会秩序的诗歌才是合宜的，因为它是观众需要的，也因为它道义上的正确。

合唱队不仅仅将公民意识与公民道德准则浇灌到希腊人的心中，还整体提升了公民的综合素质。有些城邦在良好法律的治理之下，对于音乐的庄严风格总是抱着极其关怀的态度。"它最高贵最首位的特质是带着感激回归神明，其次是净化我们的心灵，保持理智的清醒与和谐。"（普鲁塔克：《论音乐》，42）"我们想要对音乐作品的各种因素做出正确的判断，耳朵与心灵必须保持并驾齐驱，感觉和理解可以同时发挥功能。耳朵的效果不应超越心灵，也不能逗留在后面。自然律使得万事万物总是参差不齐，无法做到确切的平等，即使是同样的感官，经常在同时之间出现或快或慢的状况。如果听觉能与心灵保持同一步调，所有不利的现象会都消除不见踪迹。"（普鲁塔克：《论音乐》，34）[②]

阿里斯托芬则在他的《蛙》中缅怀道：

---

① Bruno Gentili, *Poetry and Its Public in Ancient Greece: From Homer to the Fifth Century*, Translated by A. Thomas Cole, Johns Hopkins University Press, Reprint, 1990, p. 156.

② ［古希腊］普鲁塔克：《论音乐》，席代岳译：《道德论丛》，吉林出版集团有限责任公司 2015 年版，第 2317、2321 页。

那些我们众多周知的，是出身在家教好的家庭、品行高尚的、名声威望的、通理明事、道德高尚的人，那些成长在跳跃的音符、翩然的舞蹈和强健体魄的体育所织造的氛围中的人。

这种氛围中成长起来的人，即使是一些观众没有受过完整系统的训练，也因为长年累月的熏陶而长进，成为有审美能力、有判断力的人。

你们不要担心，观众是否没有文化，以至于无法理解，你们那细致的诗句的含义。现在的人们更聪明了，他们的头脑也更敏捷了。因此，都说出来吧，别为了观众而担心，因为他们，看都是哲人。(《蛙》，1108—1118)[①]

虽然这句话有点揶揄味道，但应该没有反讽之意。在诗歌中成长的希腊人“他们明白如何恰当地评价音乐。如果以这样的方式受教育，那么这种教育是受他们自己支配的，比一般人所受的教育或诗人所受的教育更为细致”。[②]（柏拉图：《法篇》，671E）

三 类军事教育

除了以上所述，歌队训练还有更加实用的目的——军事训练。古风时代，像萨福的女子音乐教育或者阿尔克曼的女子歌队，其目的都是为了婚姻，而男子歌队的练习与表演都是在为战争与荣耀做准备。对于古希腊人来说，节奏与配合尤其重要，这与他们独特的战斗方式有关。合唱诗歌是一种更为精心设计的艺术形式，不仅是语言、音乐，还伴有大量舞蹈。“我们强制性的督促我们的歌手唱

---

① ［古希腊］阿里斯托芬：《地母节妇女·蛙》，罗念生译，上海人民出版社 2006 年版，第 199 页。

② ［古希腊］柏拉图：《法篇》，王晓朝译：《柏拉图全集》第三卷，人民出版社 2003 年版，第 422 页。

歌，但他们需要首先接受一种教育。他们全都要能够跟得上曲调的节奏和音符，要能唱出预定的音高。”（柏拉图：《法篇》，671D）[①]合唱的格律要比独唱复杂，而且合唱较少用方言演唱，一般采用多利安风格的语言（即斯巴达人的语言），多利安风格的语言明显要更为庄严与铿锵有力。古希腊有三种主要的曲调模式：多里斯调、弗里几亚调和吕底亚调。教导合唱团首先要用多里斯调。（普鲁塔克：《论音乐》，8）柏拉图反对吕底亚调，认为其过于哀怨悲伤，而弗里几亚调弥漫虚弱优柔的氛围，所以，只有选择多里斯调，它适用于尚武和自制的民族。（普鲁塔克：《论音乐》，17）

古希腊人“认为音乐可以陶冶和铸造年轻人的性格，对于美好的事物产生敏锐的感觉，养成平静的心灵可以面对不意的状况，有助于机会的掌握和积极的行动，特别是遭遇战争危险可以处变不惊。斯巴达人命令笛子手吹奏卡斯特破阵乐，他们这时摆出秩序井然的阵型去迎击敌军。还有很多部队向着战场进军，七弦琴的声音可以保持整齐的步伐，克里特人有详尽的记录，提到他们长久以来在悠扬的军乐声中，神色自若面对刀斧临头的险境。”（普鲁塔克：《论音乐》，26）[②]

古希腊人发明了一种看似笨拙却极其有效的重装步兵（Hoplite）阵列。每个步兵一手持盾一手执矛；胸、腹被厚重的甲胄包裹，腰部以下是散开的金属或皮制战裙，腿上还有明光闪闪的护胫。在《伊利亚特》和《奥德赛》这两部伟大史诗中，“胫甲坚固”这句反复出现的修饰语给人留下了深刻的印象。他们的防具由青铜和木头制成，当重装步兵排列成行的时候，在他的对手面前出现的就是一堵青铜和木头构成的城墙。典型的希腊重装步兵方阵一般纵深为八列，如果人数多，阵型就会拉得相当宽，有时候绵延几

① ［古希腊］柏拉图：《法篇》，王晓朝译：《柏拉图全集》第三卷，人民出版社2003年版，第422页。

② ［古希腊］普鲁塔克：《论音乐》，席代岳译：《道德论丛》，吉林出版集团有限责任公司2015年版，第2301、2305、2311页。

英里。作战的时候，每排的重装步兵肩并肩排成密集的阵线，右手持矛，左手持盾。每名士兵左手的盾牌，不但保护自己的左侧，还要为同伴的右侧身体负责。盾牌在古希腊重装步兵中，被赋予了一种感情纽带的作用，这对于培养团队精神无疑是有利的。对于这堵青铜和木头组成的墙壁，散兵、投石手或者原始的骑兵是难以攻破的。[①] 这一战斗方式在马拉松战役上取得了异乎寻常的压倒性胜利，异邦军当中阵亡的有六千四百人左右，雅典方面则是一百九十二人。[②]（希罗多德：《历史》卷6，117）

可以想象一下，当雅典的重装兵阵齐刷刷地踩着同样节奏的步伐，向波斯军队冲刺的时候，是一种怎样的气势，就像平原上驰骋的重装坦克碾轧过来一般。值得一提的是，这些士兵并不是专业士兵。雅典的兵役制度与斯巴达不同，斯巴达是全民皆兵，而雅典的战士则是临时招募。雅典的战士必须要有公民身份，而且武器自备。可以说，没有一定家底的人连上战场的资格都没有。这些战士平时就是普通公民，他们能在短期磨合，具有相同节奏，能够共同进退，这全靠他们平时歌唱训练中大量的步伐和节奏训练，所以，临时上阵也能协调一致，并且毫不怯场。就是这样一支队伍在马拉松抵挡数倍敌军，以少量牺牲扭转希波战争的局面，开启雅典的“帝国”序章。

这样也就很容易理解，雅典公民的合唱训练除宣扬理念之外，对身体方面也非常关注。所谓的合唱队都是歌舞队，所以合唱队是身体与心灵的共同操练。诗人的责任不仅是提供文本和音乐，还要设计舞蹈，舞蹈动作可以解释他的话语。[③] 诗人必须“考察姿势、旋律、歌曲、舞蹈”（柏拉图：《法篇》，655E）。所有这些都是浑

---

① 《古希腊装甲步兵》，百度百科资料，http://baike.baidu.com/link? url = -7DUOAoSHghT0ZweSJyqGfzbILnAMUfzGn5MWlJVaanT2OCmzBawUSxYMUEE7Fu9FBBiewvfsdBn6Z3UDwVWmq，2017 年 1 月 28 日。

② ［古希腊］希罗多德：《历史》，王以铸译，商务印书馆 2013 年版，第 451 页。

③ David A. Campbell, “Choral Lyric Poetry”, in David A. Campbell eds., *Greek Lyric: Anacreontea - Choral Lyric from Olympus to Alcman v.2*, LOEB, Harvard University Press, 1988, p. 261.

然一体的。那些“把节奏、音调与旋律分割开来”“把旋律、节奏与歌词分割开来”“使弦琴演奏和笛子演奏从舞蹈或歌唱中分离出来，使之成为对速度和技巧的展示”，这些都是“邪恶嗜好中最坏的，比没有音乐的变戏法好不到哪去”。[①]（柏拉图：《法篇》，670A）

所以，柏拉图反复强调儿童教导的两类内容：一类是身体方面的教养，旨在身体的卓越；另一类就是音乐，旨在心灵的卓越。身体的教养又分为跳舞和摔跤。一部分跳舞是为了表演诗人的灵性作品，同时注意保持一定的尊严和体面；另一部分跳舞则旨在身体的健美和高贵，确保身体的柔韧和肢体的强健，使肢体运动能够优雅，优雅既伴随着各种形式的舞蹈而产生，又渗透在各种舞蹈中。品达在他的一首颂歌中这样唱道：“金色的弦琴，是阿波罗和紫罗兰色头发缪斯的天赋权利，你注意舞者的脚步，那是庆典的开始，歌者们遵守你的话语，用你的悸动塑造着合唱舞蹈开始的序曲。”

柏拉图提到两种舞蹈：一是“战争舞”，或称作“出征舞”。它包括各种躲避敌人的打击和躲闪飞矢走石的姿势，扑倒、跃起、下蹲，等等，也刻画了与此相反的各种进攻姿势，再现射箭、投掷、拳打脚踢等。二是和平舞，或称作“祝捷舞”。表演者的成功与否取决于他的舞蹈方式是否优雅，能否通过舞蹈使他成为遵守法律的人。（柏拉图：《法篇》，815A）全身戎装的舞蹈才是正确的，既能培养战争技能，又可以为城邦节日增光添彩。还有，男孩子从很小开始直到他们有能力上战场为止，都有义务携带武器骑马参加各种节日游行，以此荣耀神；他们向诸神以及诸神的儿子祈祷时总是伴随着或快或慢的行进和舞蹈。（柏拉图：《法篇》，796C）

有人将西蒙德尼斯对诗与绘画的关系转移到舞蹈，亦即舞是无言的诗，而诗是有形的舞。“我们认为，这种说法非常得当；特别

---

① ［古希腊］柏拉图：《法篇》，王晓朝译：《柏拉图全集》第三卷，人民出版社2003年版，第401、421页。

是舞蹈与诗能够圆满地结合和包容，成为一种艺术体裁，称为‘合唱颂歌’（Hyporchema），表演兼用姿态和语言可以发挥双方的优点和长处，使之更为生动有力。”（普鲁塔克：《会饮篇》）[①]

普鲁塔克还曾经引用这样一段诗歌，也许是中青少三个合唱队一起的表演：[②]

我们曾经是孔武有力的青年！（中老年）
我们现在就是，真的，你们看！（青年）
我们真的将会变得非常强壮！（少年）

我们可以想象这一表演场面，所有的男子汉们，不管是什么年龄，都在为他们曾经的、现在的、未来的力量而呼喊、而骄傲，用身体证明自身的伟大；而观众则在一起呐喊，一次又一次、一代又一代，这样的民族确实值得敬畏。而音乐与体育，始终是这一时代教育的核心内容。

第四节　研讨会的前身：会饮

古希腊的“会饮”（Symposium）是指贵族男子夜间的酒会，其希腊文（συμπόσιον）原义就是“一起喝酒”。[③] 现代英语中“Symposium”一词仍保留有宴会、酒会的意思，但其主要含义已转变为讨论会、座谈会。这不是概念内涵在历史发展中的嬗变，而是在古时 Symposium 一词就已经兼具酒会与研讨会的双重职能。所以，古

① ［古希腊］普鲁塔克：《会饮篇》，席代岳译：《道德论丛》，吉林出版集团有限责任公司 2015 年版，第 2292 页。

② Eva Stehle, *Performance and Gender in Ancient Greece: Nondramatic Poetry in its Setting*, Princeton University Press, 2014, p. 119.

③ Peter Garnsey, *Food and Society in Classical Antiquity*, Cambridge University Press, 1999, p. 136.

希腊学者“全都认为记录饭桌上的谈话，是值得尽一己之力去做的工作”。[①]

会饮一般是由某位贵族男子发起，并在其家中举行。一般宴请方会在客厅摆上一圈沙发，沙发上有枕头，与会者（Symposiasts）横卧在沙发上。这个场景可能会让中华文明熏陶下的我们觉得有点奇怪，甚至觉得不礼貌或者没有教养，但这确实是当时希腊、埃及、中东这些环地中海地区的风俗习惯。由于房间大小的限制以及躺卧的风俗，与会宾客的数量自然会被限制，一般来说，沙发的数量是7—9个，参加总人数限制于14—27人。有学者（Oswyn Murray）认为，7—15个沙发、14—30个参与人，应该是当时酒会的标准数字。[②] 如果有年轻人参加，他们并不躺卧而是坐着，可能是一种礼仪，以示对长辈的尊重。色诺芬的《会饮》描写道：

> 这时，有几个人锻炼了一会儿，在身上搽抹油，另一些人已经去沐浴。然后，客人们便逐一被引荐给那座宅子的主人。奥托吕克在他父亲身边找了一个座位坐下，另外的那些人则随意地倚靠在那些榻椅上。[③]（卷1，7—8）

酒会供应食品和葡萄酒，并提供娱乐，诗歌和音乐是酒会欢乐的核心。有时会雇请专业艺人来表演，包括杂耍、演奏等，奴隶中的男孩女孩也会提供服务，但自由民妇女不能参加。

酒会由一个“监酒人”（Symposiarch）监督，决定喝哪种浓度的酒，这也取决于酒会是进行认真的讨论，还是兼顾纵情声色。在柏拉图的《会饮篇》中，酒宴一开，就有客人问：“今天晚上我们

---

① ［古希腊］普鲁塔克：《会饮篇》，席代岳译：《道德论丛》，吉林出版集团有限责任公司2015年版，第2039页。

② Hornblower，Simon，*The Oxford Companion to Classical Civilization*，Oxford University Press，2004，pp. 696－697.

③ ［古希腊］色诺芬：《会饮》，沈默等译，华夏出版社2005年版，第14页。

怎么个喝法？”（176A）[①] 希腊人和罗马人习惯于酒与水混合，作为纯酒饮用被认为是一种不文明的习惯。古希腊人一般只在晚饭后喝酒，而且一般包含有祭酒环节，少量的酒用来款待神灵或浇奠哀悼死者。为保持希腊节制的价值观，监酒人应防止欢愉氛围失控。

描述会饮场景的文学作品最有名的是柏拉图的《会饮篇》，对话中描述的是东道主诗人阿加为庆祝他在酒神节的戏剧比赛（公元前416年）的第一场胜利而举办的酒会；其次是色诺芬的《会饮》，是卡里阿斯为庆祝泛雅典娜竞技节中在角斗中得胜归来的奥托吕斯专门而设。此外，还有一些古希腊的诗歌、一些陶艺上的绘画作品也显示了类似的场景。酒会是希腊社交活动的重要部分。它既要求参与者本身要有较好的受教育程度，同时，酒会本身也是一个教化场所。

一 与会资格

会饮有点类似于一个沙龙，一些地位和声望颇高的家庭常会设置酒会，或为庆祝竞技比赛胜利，也或者仅为社交的目的。但即使仅仅是为了享乐，也绝不是任何人都可以胜任酒会嘉宾这一角色的。会饮的场合有规定的仪式与礼仪，酒会中要参与传统的祭酒与吟诗，还要优雅合宜地提问与对答，所以，参加会饮者须得有较好的教养；甚至还要有一定的酒量，即使是兑了水的酒也不易对付，因为酒会上宾客们都是大量饮酒，自始至终保持行为得体且神志清明并非易事。

阿里斯托芬的《马蜂》有一个情节虽然滑稽但仍然可以清楚地看出这些要求。该剧描写了孝顺的儿子布得吕克勒翁为阻止做陪审员成瘾的父亲菲罗克勒翁去法庭而与父亲斗智斗勇的一系列情景。其中，有一个情节是儿子准备带父亲参加酒会，但出发之前他不得

---

① ［古希腊］柏拉图：《会饮篇》，王晓朝译：《柏拉图全集》第二卷，人民出版社2003年版，第211页。

不测试和培训一下父亲：[①]

布（儿子）：要是有博学之士在座，你会讲庄严的故事吗？

菲（父亲）：我会讲许多故事。先讲拉弥亚在被抓住的时候怎样放屁，再讲卡尔多庇翁怎样……我知道一个家常故事，有一次一只老鼠和一只雪貂——

布："没教养的蠢人啊，"这是忒俄革涅斯骂掏粪人的话。你能当着高人雅士讲老鼠和雪貂的故事吗？

菲：那又该讲什么呢？

布：你可以讲这类的话，比如讲厄孚狄翁怎样连摔带打，同阿斯空达斯进行了一场漂亮的竞赛，他已白发高龄，却还有强健的肋骨、手臂、肋腹和最结实的胸胛。（1173—1195）

……不靠谱的父亲又做了很多不得体的回答并被儿子纠正。

之后儿子又发话了：

布：别说了；躺在这里，练习会饮礼仪和社交仪式。

菲：怎样躺？告诉我。

布：很优雅地躺下。

菲：是不是叫我这样躺？

布：不是这样。

菲：那又怎样躺呢？

布：把膝头伸直，像一个受过体育训练的人那样软软绵绵、随随便便地倒在床单上。然后赞美一只铜盆，观看天花板，赏识大厅里的挂毯。打水来洗手！把桌子搬进来！我们进餐，餐后洗手，我们祭酒。（1207—1217）

---

① ［古希腊］阿里斯托芬：《云·马蜂》，罗念生译，上海人民出版社2006年版，第201页。

会饮中有一个很重要的环节就是接酒令。酒令可不是中国文化的特产，古风时代的希腊人早就熟谙此道，这也是会饮必备技能之一。

布：你会接酒令吗？

菲：我善于接酒令。没有一个山地人能像我这样接酒令。

布：一会儿我就知道。我来充当克勒翁，带头唱给哈摩狄俄斯的颂歌；你来接令。“雅典人从来没有一个人——”

菲：“像你这样的坏蛋和小偷”。

布：你要这样唱吗？人家一吼压倒你，你就完了；他会发誓要毁灭你，杀害你，把你驱逐出境。[①]（1222—1235）

……随后他们又练习了一些酒令诗歌，儿子提醒了更多注意事项后，二人就快乐地赴宴去了。

这个充满喜剧气氛的作品的目的是讽喻时弊，但不经意间却反映了酒会参与者所应具备的一般资质：能选择合宜的话题，掌握了优雅礼仪，能参与祭酒的歌唱，能熟练地背诵和即兴创作诗歌，等等。

会饮时会有不少时间用来嬉笑寒暄、插诨打科，但总体来说，还是有一些传统的仪式要走。色诺芬尼斯在一首诗歌中描写了会饮的场景与仪式，首先，“洁净地板，洗净手和杯子，一个仆人将花冠戴在客人们头上，其他仆人将芬芳香料放在茶托里；他们手中还有酒，绝不会溢出，坛中的酒馥郁芬芳。屋子中间的香料散发纯正圣洁的香味，还有水清凉、甘甜且清纯；旁边有金棕色的烤面包，一个耀眼的桌子摆设着奶酪和浓浓的蜂蜜；正中的祭坛被鲜花完全

---

① ［古希腊］阿里斯托芬：《云·马蜂》，罗念生译，上海人民出版社2006年版，第203、205页。

覆盖，诗歌与节庆正弥漫在屋中”。[①] 我们可以设想，在这样的环境中，任何参与酒会的宾客都自然而然地会要精心修饰自己，这和现代社会的正式酒会一样，与会宾客会盛装打扮以表现出对主人的尊重以及显示自己的地位和修养。希腊人在赴宴前会沐浴和抹上橄榄油，看上去清洁体面。即使是衣着朴素、极少穿鞋的苏格拉底，在参加会饮之前，也洗了澡，“穿得整整齐齐，脚上还穿了一双漂亮的鞋，这在他不是常有的事情”。[②]（《会饮》，174a）《马蜂》中的父子在赴宴之前也精心挑选了服饰，虽然这些服饰也被絮絮叨叨的父亲讽刺了个够。

不仅是服饰，姿势也是礼仪的重要部分。酒会中成年的宾客一般是半躺，所以，儿子还要教会父亲怎么躺下，要躺得“很优雅”，“像一个受过体育训练的人那样软软绵绵、随随便便”，这种随便要看似轻松舒适，却要多年的体育训练才能表现这种既慵懒却仍有力量、松散随便却仍有美感的姿势。此外，儿子还训练父亲要“赞美一只铜盆，观看天花板，赏识大厅里的挂毯”。赞美主人家的家居与陈设也是礼仪的一个部分，这种赞美不能是空洞的夸奖，一般还要有具体的内容，指出这些事物的美好和与众不同之处，这当然也需要长久以来沉浸在这些事物中的生活条件以及自小培养起来的欣赏能力。酒会还未开始，这些无声的要求就已经把一群人与另外一群人区分开来，这些礼仪本身就有一种无意识的教化。

二 唱诗与会谈

会饮虽然是夜间的聚会，是呼朋唤友的欢聚时刻，但会饮一般是以祭酒仪式正式开始。按照色诺芬尼斯的观点，祭酒应当选择敬

---

① Xonophanes, “Fragment 1”, Douglas E. Gerber eds., *Greek Elegiac Poetry: From the Seventh to the Fifth*, LOEB, Harvard University Press, 1999, p. 412.

② ［古希腊］柏拉图：《会饮篇》，王晓朝译：《柏拉图全集》第二卷，人民出版社 2003 年版，第 208 页。

畏庄严的神话和纯净的话语来称颂神。[①] 这在早期的祭酒当中基本遵守，但是，随着古典时代的到来，各种思潮兴起，外邦人口增加，这种对神的敬畏之心日渐淡薄，所以，色诺芬尼斯才会如此强调祭酒中的传统。普鲁塔克还提到酒会中的“庆典音乐”，说这是一种敬神的仪式。首先是所有的宾客齐声唱出赞美歌，其次是按照座位的次序将桃金娘的花枝授予每一个人轮流歌唱（之所以称为“轮唱”，因为接受的人都要依序高歌），七弦琴也要加入伴奏，宾客可以一边演奏乐器，一边随声唱和，这时声调不谐的人可以推辞，因此，“庆典音乐”要想顺利进行非常不易。[②] （普鲁塔克：《会饮篇》，1.5）

酒会中还常常会就一些论题高谈阔论，这是深受欢迎的环节。柏拉图的《会饮篇》中厄吕克西马说：“我提议把那刚进来的吹笛女打发出去，或者要是她愿意的话吹给里面的妇女听，我们可以用讨论问题来作为今晚的消遣”，而这个问题就是关于“爱”。色诺芬的《会饮》涉及了以下话题：勇气是否可以传授、哪些东西在生活中是最为重要的或者最为自豪的、如何使和自己接触的人成为更为优秀的人、“美”“情爱”，等等。当苏格拉底谈论“圣洁香脂”从何而来时，引用了泰奥尼格的诗句“跟着好人做好事，跟着恶人丢良心”，吕克昂这时转身对着自己的儿子说，听见了吗，我的孩子？[③] 可见，有识之士也会借机教导青少年。

到了泛希腊化时代，诗歌式微，谈话就更加成为会饮受欢迎的部分，“我们仍保持一种习惯，就是主要的乐趣还是来自谈话，愿意把闲暇的时光花在有益的讨论上面”；“谈话的艺术无论任何一个微小的环节，在于问题的提出和兴趣的培养，就见识和习性方面而

---

① Xonophanes, “Fragment 1”, in Douglas E. Gerber eds., *Greek Elegiac Poetry: From the Seventh to the Fifth*, LOEB, Harvard University Press, 1999, p. 412.

② ［古希腊］普鲁塔克：《会饮篇》，席代岳译：《道德论丛》，吉林出版集团有限责任公司 2015 年版，第 2043 页。

③ ［古希腊］色诺芬：《会饮》，沈默等译，华夏出版社 2005 年版，第 24 页。

言都有良好的品位”（普鲁塔克：《会饮篇》，2.1）。[①]

但这并不意味着除开场的仪式涉及诗歌之外，其余时间就是交谈或娱乐了。酒会当中还会即兴而起诗歌。如在色诺芬的《会饮》中，当宴席进入佳境时，

苏格拉底的声音这时盖过了喧闹的争吵，既然我们大家现在都想让人家听听自己的声音，还有什么时候比现在让我们一道唱一首歌更合适呢？说完，他便起头唱起了一首短歌（《会饮》，7.1）。[②]

这种短歌（Skolion）指的是古希腊会饮时嘉宾轮流唱的诗歌，常歌颂神或者英雄人物的美德，一般是针对某种场合即兴而作，由七弦琴伴奏。因为是即席而作，所以，很多短歌并未被记录和流传下来。短歌也称作宴会诗、酒歌等，按照座席次序宾客们一个个轮流地唱下来，我们已无法完全猜度出这种吟唱短歌的游戏规则，但也许类似我们熟悉的中国文化中场景中的诗歌联句。某人起头唱了一首短歌，在主题和节奏上做了限制，后面的宾客按照这个模式依次即兴创作并且在竖琴的伴奏下歌唱出来，可以想象如果没有较为深厚的诗歌功底，这时在酒会上定会颜面扫地。

还有一些人会在酒会上吟唱自己新近的作品，这就导致酒会的教导有极大的不确定性。如弥涅墨斯某首暮年伤感的诗歌：“没有爱情的生活，将会如何不堪？私结之情，交心礼品，床帏之欢，这都是年轻男女的钟爱，而我都再无兴致，不如让我死去。当痛苦的老年到来，俊朗的面容丑陋，痛苦忧虑消磨我心，阳光也不能让我欢欣。年轻人的不恭敬让人痛恨，这就是神给老年人安排的命

① ［古希腊］普鲁塔克：《会饮篇》，席代岳译：《道德论丛》，吉林出版集团有限责任公司2015年版，第2073页。

② ［古希腊］色诺芬：《会饮》，沈默等译，华夏出版社2005年版，第101页。

运。"[①] 这种类型的诗歌在其他场合都没有市场，但能通过酒会的形式流传，甚至还会出现一些情色诗歌。这些类型的诗歌的放肆程度视监酒或者主人的审美取向与掌控局面的智慧而定。普鲁塔克多次强调，"主持人不能一味严肃，使得大家参加宴会味同嚼蜡，在很多方面要能寓教于乐，笑声能够派上很多用场；但他同时要非常小心，免得在未曾察觉的状况下，让耳目之娱陷入堕落和奢华之中，将无礼的暴虐行为带了进来，如同把莨菪这种毒药放进酒中"（《会饮篇》，7.5.3），这时他们会用所谓的"轮流坐庄"的方式到处胡闹。（《会饮篇》，1.4.3）[②]

三 酒会的余兴节目

古希腊人频繁地在家举办酒会时，也会引领刚刚成长起来的年轻男子进入酒会。如上所述，年轻人能够加入酒会需要一定的教养与资质，同时酒会本身或直接或间接地成为教养的重要场所。酒会中除了歌唱还有大量的谈话与辩论，也会有一些助兴游戏与节目，比如一些竞技娱乐。酒会最常见的游戏是掷酒糟（Kottabos），有点儿类似于我们的投壶游戏。

酒会一般也会请专业的艺人来表演，这些艺人的地位有高有低。在古风时代或者更早时期，专业歌手的地位还比较高。比如，《奥德赛》中的得摩多科斯，就是一名盲人歌手，他歌唱时，坐在厅的中间位置，大厅中还专门有一个固定的位置来安放他的琴。

传令官回来，带来令人敬爱的歌人，缪斯宠爱她，给他幸福，也给他不幸，夺去了他的视力，却让他甜美地歌唱。潘托诺奥斯给他端来镶银的宽椅，放在饮宴人中间，依靠高大的立柱。传令

---

① Mimnermus, "Fragment 1", in Douglas E. Gerber eds., *Greek Elegiac Poetry: From the Seventh to the Fifth*, LOEB, Harvard University Press, 1999: 81.

② ［古希腊］普鲁塔克：《会饮篇》，席代岳译：《道德论丛》，吉林出版集团有限责任公司 2015 年版，第 2213、2057 页。

官把音色优美的弦琴挂在木橛上，再给他提来精美的食篮（卷8，60—70）。

酒宴开始的时候，他也总能得到一些比较好的食物，而且是由宾客带着敬意送来。在娱乐环节，比如，众人离开大厅到室外开始体育竞技时，也有专人引领他来到户外坐下，而且是重要人物的专门线路。

传令官把音色优美的弦琴挂在木橛上，拉着得摩多科斯的手，领他出宫宅，在前面给他引路，沿着观赏竞技的其他费埃克斯人的首领们前去的路线（卷8，105—110）。①

色诺芬的《会饮》中，艺人们的地位明显下降，而且根据身份不同而出现差异。比如，雅典本地专门在酒宴中以说笑话助兴的菲利布斯，在说了一系列不好笑的笑话后非常沮丧，但是，宾客们都纷纷安慰他，“大家都来劝他，对他说，下次大家一定好好笑一笑，然后恳请他也吃一些东西”。后来，在菲利布斯模仿别人滑稽地跳了一段舞之后，大家果然非常捧场地一起笑起来。没有足够的资料证明，菲利布斯是否完全以此为生，但从上下文看，这一定是他的谋生手段之一，而雅典的贵族们明显对他非常友善且比较尊重。但当一个叙拉古人带着三个艺人从事吹笛子、跳舞、弹琴等表演时，则明显是一种雇主关系，即使这些艺人的水平非常高超。在短短的酒宴当中，穿插的节目有女孩吹笛子与跳舞、女孩在尖刀中跳舞和翻筋斗、男孩表演舞蹈和七弦琴、女孩杂技表演以及一个短剧表演。

戏剧兴起后，会饮中还常常会有戏剧表演。人们会将戏剧对话

---

① ［古希腊］荷马：《奥德赛》，王焕生译，人民文学出版社1997年版，第131—132页。

中最精彩的部分教给学戏的奴隶来表演（普鲁塔克：《会饮篇》卷8.1）。普鲁塔克特别强调会饮中戏剧的选取，一定要是经典的悲剧。“剧中人物的品德是那样高尚，所有的情节是一道潜伏的暗流，如同酒的热力使得铁石心肠都会熔化，就像鼓风炉的火将坚硬的钢化为绕指柔；全部都混合着正经和幽默，可以一边饮酒一边欣赏，诗情画意的结局让所有的观众都能皆大欢喜。”[①]（普鲁塔克：《会饮篇》卷8.3）

关于会饮中的音乐，也非常讲究。在好的会饮中，“琴师不要只弹奏悲伤和忧郁的曲调，为给大家带来愉悦，应该改变它的风格和手法，适宜于欢宴和庆典的场合；笛子，如同花冠一样在酹酒仪式上具有重要的地位，可以吹出带有宗教意味的伴奏，有助于大家高声齐唱赞美曲。甜美的歌声慢慢地注入和通过我们的听觉，能够弥漫到整个心灵，带来宁静和安详的气氛和感觉”。[②]（普鲁塔克：《会饮篇》卷8.4）

晚餐结束后，宾客们将玫瑰编成的装饰品戴在头上，有人认为，玫瑰花冠是为了献给缪斯，因为萨福说过“缪斯的玫瑰”（普鲁塔克：《会饮篇》卷3.1.1—3.1.3）。[③] 就这样，古希腊人在音乐舞蹈和高谈阔论中结束了一天的美好时光。

虽然在诗歌世界长大的古风时代的希腊人并未刻意营造一套诗歌教育体系，但他们出生伊始就沐浴在诗歌的海洋之中：用诗歌启蒙，在诗人门下学习，在城邦合唱队中从少年开始唱到青年再唱到壮年；闲暇的夜晚，他们在会饮中吟诗作乐，最后乘着酒兴，带着缪斯的花冠，心满意足地回到家中。诗歌教导出刚强坚毅又腹有诗书的一代代希腊人，对希腊民族个性的塑造影响深远，这种既矛盾又和谐的品质得到许多哲人的认可。亚里士多德说：“北方种族是

---

① ［古希腊］普鲁塔克：《会饮篇》，席代岳译：《道德论丛》，吉林出版集团有限责任公司2015年版，第2222—2223页。

② 同上书，第2224—2225页。

③ 同上书，第2103—2105页。

精力旺盛的，南方种族是文质彬彬的，而唯有希腊人才既是精力旺盛的又是文质彬彬的。”[①] 尼采在《悲剧的诞生》中对希腊人“日神精神”与“酒神精神”的总结也广为人知。罗素在他的《西方哲学史》中说道：“事实上，在希腊有着两种倾向，一种是热情的、宗教的、神秘的、出世的，另一种是欢愉的、经验的、理性的，并且是对获得多种多样事实的知识感兴趣的。他们伟大，正是热情与理智的这种结合使得他们伟大。单只是热情或单只是理智，在任何未来的时代都不会使世界改变面貌，有如希腊人所做过的那样。”[②]

---

① ［英］罗素：《西方哲学史》，何兆武、李约瑟译，商务印书馆 1963 年版，第 318 页。

② Bertrand Russell, *The History of Western Philosophy*, Simon & Schuster, New York, 1945, pp. 50 – 51.

第五章　诗教的黄昏

好的诗人全死了
活着的全是不怎么样①
真正的诗人你再也找不到了
到哪去听那些传世的佳作啊！②

——阿里斯托芬《蛙》

第一节　为谁而歌？

班固曰："赋者，古诗之流也。昔成康没而颂声寝，王泽竭而诗不作。"（《两都赋序》）成王和康王去世以后，颂歌偃旗息鼓；先王的恩泽枯竭了，诗也就不再兴盛。在古人眼里，诗歌的流失绝非单纯的文体问题，毋宁说首先是政体问题。③ 古希腊的诗歌时代与散文时代比较，其人文面貌已经发生明显变化，这种变化其实早在诗歌自身的演变历程中就已经暗流涌动，虽不至于立刻就"王者之迹息而诗亡"，却一直有迹可循。如果将诗歌时代草草分作史诗时代、抒情诗时代和戏剧时代，可以看到一个明显的线索，就是诗

---

① ［古希腊］阿里斯托芬：《地母节妇女·蛙》，罗念生译，上海人民出版社 2006 年版，第 70 页（第 70—80 行）。

② 同上书，第 91 页（第 91—102 行）。

③ 刘小枫：《诗风日下》，人人网，http://page.renren.com/601424817/note/851403480?op=pre&curTime=1339118031000，2017 年 6 月 7 日。

歌的核心从神与英雄转移到城邦再逐渐转移到极具生活气息的个体之上，而诗歌也从神启真理的高台“飞入寻常百姓家”，成为抒发个人情怀或是娱乐消遣的渠道。

一 为神而歌

这里不得不再次重温史诗中神与英雄的世界对希腊人有多么的重要。古希腊人关于祖先信息的唯一来源就是神话，客观地说，希腊人坚持把《荷马史诗》当作权威历史文献，其他地方资料只有与《荷马史诗》相协调才可能广为接受。“不论实际的历史过程是如何发生的，它最终为传说或故事的扩散所取代，甚至可以说（史诗）逐渐地填补了实际历史中的漏洞。”[①] 简言之，不管历史是否如此，史诗中的世界就是古风时代希腊人公认的历史，不管它是客观的还是被建构出来的，都最终因深刻地影响希腊人而成为事实存在。

希腊民族的每个城邦都深信，他们自己就是史诗所描绘的那个神与英雄世界的合法继承人。斯巴达人把自己看作是希腊神话中最伟大的英雄大力神赫拉克利斯［宙斯（Zeus）和阿尔克墨涅（Alcmene）所生］之子，所以才会如此神勇、百战百胜。雅典城邦的缔造者则是杀死克里特神牛的大英雄提修斯。雅典所有的重要建筑都是以神和英雄命名，如雅典娜神庙、宙斯神庙、帕台农神庙、伊瑞克提翁神庙、波塞冬神庙等，重要的办公机构的地点选择也与神话世界保持着联系，如战神山议事会（雅典最重要的议事场所）就是战神阿瑞斯做见证的场所。[②] 雅典还有一份古代国王的名录，有的王是神，有的王是人，雅典人心中更古远的历史就是由神与人交融在一起治理着城邦。每个显赫家族都有一份谱系表，表明自己是某一神或者某位大英雄的后嗣，当然，英雄本身也是神的后嗣。希腊人就这样将自身与神紧密联系在一起。家族谱系是严肃、庄重的大

---

① ［瑞士］雅各布·布克哈特：《希腊人和希腊文明》，王大庆译，上海人民出版社2012年版，第72页。

② 同上，第74页。

事，家族中人都非常尊重家谱并以之为傲，都会按照祖先的方式来行动。如埃阿科斯家族的一段铭文上写着："现在就像过去一样，埃阿科斯家族的男人们都是持矛者。"这种对先辈特征的刻意保留也是为了强调作为神的后裔的尊贵身份。

古希腊所有的庆典和节日也都是为神而设。"每个地方，通常都是十分精心打造的地方，崇拜总是试图使其起源尽可能的古老和神圣，并且与数不清的地方英雄崇拜联系在一起，庆祝活动也总是与英雄纪念一起举行。在所有的地方，这些英雄的领袖都是人们所认为的那座城市的建立者。到处都是激活了整个风景的多方精灵留下的痕迹，即使仅仅是某位泉水或海洋仙女的爱情故事。"①

了解和记忆每个神话发生的具体地点也是希腊人的基本功课，人们对某个地方发生的故事细节非常看重，对自己的城邦拥有某个神迹极其自豪。与此形成鲜明对比的是，在古风时代，很少会提到所谓"名人故居"，因为这并不重要，"没有人关注梭伦、伯利克里或德摩斯梯尼在关键性的场合出现的确切地点，但每个人却能准确地说出古典神话发生的场所"。②

在古风时代，祭司、诗人和国王因其独特的地位与品质，分享着传播真理的特权。通过记忆女神的宗教权力，诗人和祭司可以直接走向这种超越之境，他们能见人所未见，能宣称"过去、现在与未来发生的事情"。通过神启的知识、天赋的巨大力量和充盈的品格，诗人用诗歌来颂扬人类功绩，这些事迹也因此变得荣耀和充满启示意味。③ 特别是诗人，因为其四处游走，其作品广为流传，使他们的话语更具影响。

因为神在地位上的先天优越，当一些衡量人的标准用于神时，意义会有所不同。在神谱中，谎言并不是简单的"没有意识"或者

---

① ［瑞士］雅各布·布克哈特：《希腊人和希腊文明》，王大庆译，上海人民出版社2012年版，第77页。

② 同上书，第78页。

③ Marcel Detienne, *The Master of Truth in Archaic Greece*, Zone Books, 1999, p. 16.

是虚假、错误，谎言如果出自神的话语，那同样是一种神圣的力量。很多时候，对古希腊人来说，哲学家的千言万语也无法抵住神的一句戏言。这种差别天然存在、不可跨越。

在我们这个科学文明的社会里，"真理"这一概念立即会让人想到它是客观的、可言说的，具有一致性且稳定不变。真理可以从两个层面进行界定：一是与逻辑原则一致；二是与现实一致。也就是说，真理与论证、验证与试验等不可分割。但是，在古代社会中，"真理"一词却不是这样理解的。从词源角度来看，希腊语中的"真理"一词（άλήθεια，aletheia）可以拆分为 α 加上 λήθεια（被隐藏、被遮盖、被遗忘的意思，而 Lethe 在英文中迄今仍有遗忘的意思），所以，"真理"最初也可以解释为"未被遗忘、未被隐藏"。这样，我们可以理解作为记忆女神和众神之主宙斯女儿的缪斯，其地位是何等重要了。此外，在印伊（Indo－Iranina）语言中，真理也意味着敬拜祷告，祷告的力量可以确保持续不断地从神那里得到信息回馈，包括由神建立的秩序与律法。① 这与我们这个时代的真理概念完全不同。

亚历山大的菲洛（Philo）提到有一个一代代传唱的古老故事。意思大致如下：当造物主完成了这个世界的创造之后，他问一个先知，这个世界是否还有什么他希望的却还未存在的。这个先知回答说，所有的东西都十分完美了，但缺失了一样东西，就是美好的话语。造物主听了他的要求，就应允了他，马上创造了充满和谐的歌手世系，歌手们都是从某种能力所生，总是被这种能力所围绕，这种能力就是记忆女神恩赐的能力。②

这种观念在古风时代占据主流地位，在诗歌当中，神是事件的起因和推波助澜者，事件的主角也是神的后裔，即使不是神也是如阿喀琉斯一般有永生的设定。即使经常有一些非大众场合的诗歌表

---

① Marcel Detienne，*The master of truth in Archaic Greece*，Zone Books，1999，p. 35.

② Ibid.，p. 40.

达了人生的小情怀，但对主旋律并没有干扰和威胁，没有影响正统文化中神至高无上的地位，也不会影响正式场合对神的称颂与敬畏。这一趋势随着古典时代的到来，随着泛希腊化时代的到来，不可逆地改变了。

二 为城邦而歌

古希腊文化变迁的实质模糊不清，很难断定其演变的深刻原因，甚至很难断言到底是进步还是后退。不过，与文化演变的脉络和原因的模糊性相比较，诗歌主题变化的表层脉络却十分明晰。第一个转折就是从歌颂神转变为歌颂抽象的人，即人类，或者说是人的共同体，而希腊人的共同体就是城邦！

神圣的歌队应当发出对的教导
并把有用的建议提供给城邦选择

——阿里斯托芬《蛙》[①]

在抒情诗时代，城邦也常常是诗人吟诵的主题，但这一主题的巅峰却是在悲剧中得到彰显。悲剧是古希腊诗歌最后的辉煌，也是古典时代由盛而衰的文化见证。悲剧的代表人物无疑要推埃斯库罗斯、索菲克勒斯和欧里庇得斯三位大家。这三位悲剧大家本人在文化上的沿袭与转变就非常鲜明地表达了古典时代——古希腊最绚烂多彩的晚霞光照时代的特征，也可以看到诗歌如何从一方教化重镇转变为集体娱乐和个人情怀。

“据说更为古老时代的希腊人，他们还不知道剧场的音乐，有关这方面的知识全部用来敬拜神明和教育青年。那时还没有兴建剧场。他们提到 Theatron（剧场）这个字出现很晚，Theorein（成为观

① ［古希腊］阿里斯托芬：《地母节妇女·蛙》，罗念生译，上海人民出版社 2006 年版，第 165 页（第 684—696 行）。

众）就要早很多，是从 Theos（神）衍生而来。”[①]（普鲁塔克：《论音乐》，27）在悲剧的鼎盛时期，剧场的意义已经发生了变化，不再是神的衍生了。

三大悲剧家无疑以埃斯库罗斯为首。在他的悲剧时代，诗歌是以“人类”的苦难为主旨，是以城邦的生息为歌颂对象，《蛙》中的埃斯库罗斯这样训斥欧里庇得斯：

> 一位诗人应该这样训练人才对。试看自古以来，那些高贵的诗人是多么有用啊！俄耳甫斯把秘密的教仪传给我们，教我们不可杀生，穆赛俄斯传授医术和神示；赫西奥德传授农作术、耕种的时令、收获的季节；而神圣的荷马之所以获得光荣，受人尊重，难道不是因为他给了我们有益的教诲。教我们怎样列阵，怎样鼓励士气，怎样武装我们的军队吗？[②]（《蛙》，1029—1038）

埃斯库罗斯作为古希腊悲剧的最高代表，他的主题较后来者仍算是偏向传统，但他笔下的普罗米修斯已经带领“人类”崛起，诗歌的主题已转向人与城邦。《被缚的普罗米修斯》虽然是两位神之间的较量，但其起因却是普罗米修斯为了人类的福祉而盗取火种。在《波斯人》一剧中，雅典城邦及其人民无疑是真正主角。

> 这就是说雅典城没有被摧毁？
>
> 人民存在，这是最可靠的保障。（345—350）
>
> 人们听见一片洪亮的呼喊：“希腊子弟们，前进啊，拯救你们的祖国，拯救你们的妻子儿女。国家的祭坛庙宇、祖先的坟茔，为自己的一切而战！”（400—405）

---

① ［古希腊］普鲁塔克：《会饮篇》，席代岳译：《道德论丛》，吉林出版集团有限责任公司 2015 年版，第 2311 页。

② ［古希腊］阿里斯托芬：《地母节妇女·蛙》，罗念生译，上海人民出版社 2006 年版，第 193 页。

生活在亚细亚大地的人民啊，不再会听从波斯统治，也不再会被迫不得已地向残忍的暴君缴纳贡赋。既然暴力的枷轭已解除，人民不会让自己的舌头再受羁绊，人民从此会自由地发表种种议论。[1]（585—595）

《波斯人》这一剧目政治号召力明显，因此，还得到了雅典执政官伯里克利的特别资助。戏剧表演是酒神节的主要内容，酒神节是雅典人最喜爱的节日，持续时间长，成为雅典人农闲时节的好去处。戏剧表演的开销并不来自商业经营，靠的是城邦的捐助制度。因为戏剧在增强城邦凝聚力和公民道德教化中的重要作用，成为与军队一样重要的力量，专门由城邦立法资助。雅典公共事务的资金来源最主要的方式是捐助制，戏剧也不例外。捐助制是维持戏剧节开支的重要制度。在雅典有专门负责戏剧捐助的机构——χορηγός，有专人负责。他们负责剧场的修缮，筹集经费雇请演员、乐师，承担训练歌队以及戏剧节期间的其他各项开销。

那么这种戏剧捐助制的基础是什么呢？为何有这么多有名望有财富的人乐于此事？城邦为何还要通过立法来规范呢？原因是戏剧拥有雄厚的群众基础。“剧场有时坐下了 15000 名观众，气氛远远胜过现代的剧院，更像是一次重要的体育比赛。”这种规模甚至超过一次普通的公民大会。在公元前 5 世纪，公民大会的出席者可达 6000 人。雅典人喜爱戏剧，城邦则借此扩大影响，推行城邦理念，形成一种“我们希腊人”“我们雅典人”的自豪感，从而培养一种稳定的民族气质。为此，雅典城邦煞费苦心，甚至推出了“戏剧津贴”项目，即向观剧的每位公民发放两个奥波尔的补助金，这一制度早在公元前 5 世纪末的雅典就已经开始了。阿里斯托芬在喜剧《蛙》中曾调侃过观剧津贴：“两个奥波尔的钱到处都有这么大的能

① ［古希腊］埃斯库罗斯：《波斯人》，张竹明、王焕生译：《古希腊悲剧喜剧集》，译林出版社 2011 年版，第 24、26、35 页。

耐呀！”①

成为观众“本身就是一种积极的政治活动”。自公元前508年起，戏剧公演便以戏剧比赛的方式进行。因此，雅典公民在戏剧公演中扮演的就不仅仅是观众的角色，除之前已经有部分雅典公民充当戏中合唱队员之外，戏剧比赛的评委也以抽签的方式从雅典公民中选出。可以说，雅典公民绝不只是戏剧公演的看客，而且是作为城邦事务的参与主体而介入到戏剧公演中去。在雅典公民的心目中，戏剧公演的重要性与公民大会、议事会等城邦要务无甚差异，对戏剧公演这一典型公共生活的参与便是对城邦政治的参与。进而言之，戏剧公演的意义早已跃出了戏剧文学及其表演的单向维度。当我们从城邦要务的层面对戏剧公演进行观照时，我们就会发现，戏剧公演已然从一桩文化演出事件上升为一桩政治事件，它所蕴藏的政治意义不单指戏剧公演的运作模式贯彻着城邦的民主原则，更为重要的是，城邦实则通过戏剧公演这一极具文学性和娱乐化的形式对雅典公民施行着潜移默化的治理，借助一个令人沉醉的舞台完成了想象共同体的营造，强化着公民对城邦的身份认同，可以说，雅典每年酒神节的剧场中实则上演着最生动的公民教育。②

古希腊诗歌从“神”转向“人”，从现代思潮的主流观点来看，这也许是进步，是正确的历史潮流。然而好景不长，诗歌的主题再次发生了改变。

三　为人而歌

我是下来迎接诗人的
为什么要迎接诗人？

---

① 马骁远：《从仪式看雅典悲剧表演的“政治性”》，《学术交流》2015年第12期，第172页。

② 沈方舟：《戏剧教育及其使命》，硕士学位论文，上海社会科学院，2012年，第6页。

为了挽救城邦，举行歌舞。（《蛙》，1418）[①]

在阿里斯托芬的《蛙》中，酒神下到冥界寻找逝去的诗人，想带他们返回人间重振诗歌。因为此时诗歌正面临极大的困境，这种困境的直接表现就是诗歌的“格调”再次降低，在阿里斯托芬看来，其罪魁祸首当推欧里庇得斯。

埃斯库罗斯：你想想，他原先从我手里接过去的是一些什么样的人？他们是高贵的人物，身长四腕尺，不是逃避公共义务的懦夫，不是像今天逛市场的懒汉、歹徒、无赖，而是一些散发杆枪、矛头、白鬃盔、铜帽、胫甲气味的英雄，有着七重牛皮的心。（《蛙》，1015）

你（这里指责欧里庇得斯）曾经收集克里特独唱歌曲，把不洁净的婚姻介绍到诗里。（《蛙》，850）

我从来没有创造过淮德拉和斯忒涅波亚这类的妓女，也没有人能指出哪一个谈情说爱的女人是我创造的。（《蛙》，1045）

这家伙（继续指责欧里庇得斯）却从所有的妓女歌、墨勒托斯的饮酒歌、卡利亚的双管乐，以及挽歌、舞曲里东借西抄。（《蛙》，1307）

自索菲克勒斯以来，悲剧中的性格描写和心理刻画不断增加，通过细节描写和色调渲染，通过一切线条纤毫毕露的个人心理的细腻展现，使观众不再感受到神话，而是感受到高度的逼真和艺术家的模仿能力。索菲克勒斯还是在描绘完整的性格，并运用神话使之巧妙地展现；欧里庇得斯则仅仅描绘激情袭来时表现出的极端状态下的性格特征，而这却正是欧里庇得斯自认为高明之处：

---

① ［古希腊］阿里斯托芬：《地母节妇女·蛙》，罗念生译，上海人民出版社 2006 年版，第 225 页。

我介绍巧妙的规则、诗行的标准；教他们想，教他们看，叫他们领悟，教他们思考，教他们恋爱，耍诡计，起疑心，顾虑周全。我介绍日常生活，大家熟悉和经历过的时期。(《蛙》，958)

悲剧不仅出现主题选择与主角性格的巨变，在形式上也相应地出现了调整，悲剧的核心因素——合唱歌队部分被裁剪和边缘化。与埃斯库罗斯相比，欧里庇得斯的悲剧在长度、场次、组织形式都无太大变化，但合唱的地位降低，逐渐成为装饰。我们仔细阅读作品就会发现，在欧氏剧中，合唱队与演员之间明显有了屏障。从根本上讲，只是由于合唱队是希腊悲剧形式一个不可或缺的组成部分，所以，欧里庇得斯勉强保留了它，欧氏的合唱是游离的、旁白的，在剧中所起的作用同埃斯库罗斯悲剧中的合唱队所起的作用不能相比。欧里庇得斯更强调对白或自白，更多地通过写实手法与心理描写把各类真实的人放进自己剧中，他的人物已不再是神话或神秘，而是已经平民化，贴近了生活，对白也贴近了生活，不再像以往悲剧中的抒情诗。①

席勒曾对合唱歌队的意义发表了一种极有价值的见解。他把歌队视为在悲剧四周的活城墙，悲剧用它把自己同现实世界完全隔绝，替自己保存理想的天地和诗意的自由②，而语言绝不能把音乐的世界象征圆满地表现出来。③

为此，尼采对欧里庇得斯也发出控诉：

渎神的欧里庇得斯呵，它（悲剧）死在你粗暴的手掌下，而现在你需要一种伪造的冒牌的神话。而且，就像神话对你来说已经死去一样，音乐的天才对你来说同样已经死去。即使你贪婪地搜掠一

① 李荣香：《理性与理想冲突的牺牲品：古希腊英雄悲剧——重读埃斯库罗斯、欧里庇得斯有感》，《山西财经大学学报》2006年第4期，第219页。

② ［德］尼采：《悲剧的诞生》，周国平译，译林出版社2014年版，第29页。

③ 同上书，第31页。

切音乐之园，你也只能拿出一种伪造的冒牌的音乐。你替你的主角们的台词磨砺好一种诡辩的辩证法吧——你的主角们仍然只有模仿的冒充的热情，只讲模仿的冒充的语言。①

尼采认为，希腊悲剧是自杀而亡——“希腊悲剧的灭亡不同于一切姊辈艺术：它因一种不可解决的冲突自杀而死，甚为悲壮。靠了欧里庇得斯，世俗的人从观众厅挤上舞台，从前只表现伟大勇敢面容的镜子，现在却显示一丝不苟的忠实，甚至故意再现自然的败笔”。奥德修斯，这位古代艺术中的典型希腊人，现在在新起诗人笔下堕落成格拉库罗斯，从此善良机灵的家奴便占据了戏剧趣味的中心地位。奴隶毫无对重大事务的责任心、毫无对伟大事物的憧憬，丝毫不懂得给予过去和未来比现在更高的尊重。观众在欧里庇得斯的舞台上看到听到的其实是自己的化身，而且为这化身如此能说会道而沾沾自喜。②

悲剧的沉沦意味着诗教即将寿终正寝，因为它再也起不了引领与规范的作用。它往往是日常生活的模仿，是小人物的心声，耗费大量笔墨，描绘那些负面、阴暗的复杂情绪，靠情节与推理来吸引观众，以迎合大众口味作为目标，它是社会的反映，甚至专注于社会不良端的反映，也就是尼采所说的“故意再现自然的败笔”。而谁再会让这样的诗歌来教化民众，谁又会带着以往对史诗的崇敬之情来接受诗歌的教化呢？

第二节　诗与利

是否世上的一切都会老去？

① ［德］尼采：《悲剧的诞生》，周国平译，译林出版社 2014 年版，第 49 页。

② 同上书，第 51—52 页。

是的，一切都会变老——除了对财富的渴望。

——西蒙德尼斯[①]

随着时光的推移，诗歌不再掌握在神的手中，诗人接过了创作权，开始凭借己意随心裁度与拣选诗歌主题，或多或少地改编神话，神开始为人所用，为特殊的人或特殊的目的服务，诗歌越发多样，也越发功利，而且这个趋势从隐忍待发到势力胶着再到占据上风，并终于开始肆无忌惮。

一 斯特西克鲁斯的海伦“翻案诗”

诗歌目的的功利化其实早有苗头。一个最有代表性的例子就是斯特西克鲁斯（Stesichorus）对海伦这一人物的三度诠释。首先诗人是这样讲述这个故事的:[②] 海伦的父亲斯巴达王廷达瑞俄斯（Tyndareus）给诸神献祭的时候忘记了爱美神阿佛洛狄特，女神发怒，诅咒他的女儿是一个遗弃丈夫的人，要两次三次地再嫁。雅典的忒修斯和庇里托俄斯远征斯巴达，他们在阿耳忒弥斯神庙里看见她跳舞。两个人都抵挡不住爱情的欲火，便大胆地闯进神庙，把她抢走，带到亚加狄亚的特格阿。当海伦的弟兄把她带回斯巴达时，她其实已经怀孕且生了一个女儿，然后再嫁给了斯巴达王阿伽门农的弟弟墨涅拉奥斯。

如此描述海伦生平让诗人付出了惨痛代价，因为对宙斯女儿海伦的“造谣”，他双目失明了，这是对诗人亵渎神的警戒！诗人“痛定思痛”，立即更正自己的错误，他写道：这个故事不是真的，你（海伦）没有登上那装备精良的船，你也没有去那特洛伊城！为了勉强与传说一致，诗人又再度“解释”：特洛伊王子帕里斯劫持

---

① Simonides, “Fragment 47 (f)”, in David A. Campbell eds., *Greek Lyric*: *Stesichorus*, *Ibycus*, *Simonides and Others v.* 3, LOEB, Harvard University Press, 1991, p. 365.

② Athenaeus, “Scholars at Dinner”, in David A. Campbell eds., *Greek Lyric*: *Stesichorus*, *Ibycus*, *Simonides and Others v.* 3, LOEB, Harvard University Press, 1991, pp. 89-93.

了海伦，驰翔大海，但被海神普罗透斯劫持，王子只能将海伦的肖像挂在一块板子上，看着画像以解相思之苦。[①] 当诗人改正自己的过错之后，双眼立即重获光明。[②]

伊索克拉底也提过这件事情：海伦在诗人身上施展了她的大能，因他对自己的诋毁剥夺了诗人的视力，当诗人意识到自己的错误重新写了翻案诗之后才得以复原。[③] 公元2世纪也有文献这样评价斯特西克鲁斯：诗人批评荷马，因为荷马将海伦放到了特洛伊，其实特洛伊的海伦只是真实海伦的幽灵。[④] 柏拉图在《理想国》中也提到了同一件事情："他们的快乐不可避免地与痛苦混合在一起，是真快乐的影像，是绘画产生的幻觉，由于色彩鲜明而产生强烈的印象，并在那些缺乏理智的灵魂中激起疯狂的爱情，使之为爱情而拼搏，就好像斯特西克鲁斯说的那样，英雄们在特洛伊为海伦的幻影而厮杀，都是由于不知道真相。"[⑤]

当然，这是神话版的解释，理性的学者特别是现代学者无法接受，那么是什么促使诗人出尔反尔地写出自我否定的诗来呢？学者的理解是：海伦是斯巴达国王的女儿，是天上地下最美丽的女子，是斯巴达人的骄傲。在斯巴达人眼中，海伦绝不是个一嫁再嫁、放荡不贞的女子，而是超凡脱尘的女神一般的存在。诗人斯特西克鲁斯为了在斯巴达"发展事业"，必须获得斯巴达人的认可和接受，所以，不惜为难自己来取悦斯巴达人，因此，才会有古希腊这一著名的"翻案诗"。

不管诗人是为了不得罪神而为之，或是为了不得罪人而为之，

---

① Aelius Aristides, "Orations", in David A. Campbell eds., *Greek Lyric*: *Stesichorus*, *Ibycus*, *Simonides and Others v.* 3, LOEB, Harvard University Press, 1991, p. 95.

② Dio Chrysostom, "Discourses", in David A. Campbell eds., *Greek Lyric*: *Stesichorus*, *Ibycus*, *Simonides and Others v.* 3, LOEB, Harvard University Press, 1991, p. 95.

③ Isocrates, "Helen", in David A. Campbell eds., *Greek Lyric*: *Stesichorus*, *Ibycus*, *Simonides and Others v.* 3, LOEB, Harvard University Press, 1991, p. 93.

④ Papyrus Commentary on Lyric Poets, in David A. Campbell eds., *Greek Lyric*: *Stesichorus*, *Ibycus*, *Simonides and Others v.* 3, LOEB, Harvard University Press, 1991, p. 97.

⑤ ［古希腊］柏拉图：《理想国》，王晓朝译：《柏拉图全集》第三卷，人民出版社 2003 年版，第603 页（583C）。

总之，这些诗是为了诗人的自身利益而作。在这自相矛盾的几种说法当中，最多只有一种可能性是真的，也有可能都不是真的，这与《荷马史诗》作为古希腊圣经一般的存在相比就弱化了很多。当诗歌不能当作真理时，甚至连真相都不是。

应当说，斯特西克鲁斯的两番自我否定还是不得已而为之，但古风晚期之后的诗人创作目的更加直截了当，多数是为了“名利”二字，甚至名声的赚取也是为了经济利益。

二　诗人与雇主

在古风早期，创作哀歌和抒情诗并不是像商人、农夫、医生或者祭司一样是一种职业。梭伦等诗人基本都是贵族出身，他们的诗歌创作与财富无关，写诗是为政治诉求、传达理念或是赢得荣誉。但到古风后期，诗人的创作目的开始多元化，社会对诗歌的需求也日益多元化，诗人开始有了越来越多元的“雇主”。比如僭主们，为了改善自己的名声并且获得公众认可，他们会聘请诗人为其正名。能够被较早确认的“御用宫廷诗人”是阿那克里翁。希罗多德曾在他的历史书中写道：一个叫作欧洛伊铁司的波斯太守派使者去萨摩斯岛见僭主波律克拉铁斯，波律克拉铁斯正在卧房里，旁边正是提奥斯人阿那克里翁在陪伴（卷3，120—121）。[①]

歌颂僭主是有违贵族传统与诗人道德准则的。品达就有过类似不愉快的经历：当他刚从西西里岛回到自己的母邦锡拉库扎（Syracuse）时，恰逢城邦的僭主西隆（Hieron）获得四轮马车赛的胜利，因品达名声太盛，被邀请到宫廷为西隆创作庆祝胜利的颂歌。品达不得不勉力为之，也就是后来的《皮提亚颂歌Ⅱ》，品达的这首诗作很是让人费解[②]，因为在不到一百行的诗中诗人花了过多的篇幅讲述声名狼藉的特萨利国王伊克西翁的故事，还有在诗歌后段诗人

---

① ［古希腊］希罗多德：《历史》，王以铸译，商务印书馆2013年版，第247页。

② Bruno Gentili, *Poetry and Its Public in Ancient Greece: From Homer to the Fifth Century*, Translated by A. Thomas Cole, Johns Hopkins University Press, Reprint, 1990, p. 148.

警示谣言的危险，这些都和颂歌的庆祝气氛相违，与诗歌的主题也没有关系。可见，诗人在给僭主写赞歌诗时不只是想颂扬国王，而是各种复杂的心情纠结在一起。

当然，诗人的雇主并不经常是如此难缠，更多的是诗人和雇主之间的“两情相悦”。雇主在很多时候是某一城邦，如品达就曾为雅典城邦作诗以歌颂雅典在希波战争中的伟大功绩，价格据说是1万德拉克马一行诗，这个价格高到后世的史学家几乎不能接受。

古希腊的诗歌都是为公众而作，即使是独唱都有其相应的听众。萨福和阿尔凯奥斯创作的诗歌流行于一个严格限制的听众群中，这些人来自相似的社会群体与同样政见的党团，大家因为忠于某一伦理与政治诉求而紧密地联系在一起，并与其他团体相区别。

相比之下，合唱队演唱的诗歌更具有官方特征与公众效应。合唱诗歌拥有庆祝和敬拜的功用，相对来说，对物质条件要求更高，城邦也更愿意为关系自身命运与体面的庆典或仪式一掷千金，这就导致诗人直接与钱发生了关联。公元前6世纪末到5世纪初的雅典在经济领域有了较大的发展，尤其是海上贸易的贡献甚大。新的财富对艺术青睐有加，包括绘画、雕塑，当然，还有艺术中的显贵——诗歌。这些艺术的赞助商一般不是为了财富的增长，而是为了声望的提升，这些富人投资艺术，追求的是社会地位的彰显和政治地位的巩固。诗人也由此成为一个专业性很强的职业，很多诗人能够通过其作品来得到回报，尤其是金钱上的回报。在相当长的一段时间内，希腊半岛上的诗人和诗歌“市场”需求旺盛。

如品达就曾为埃伊纳岛的皮西亚斯（Pytheas of Aegina）创作《纳美昂5》（Nemean 5）（在纳美昂地区举办的竞技会，类似于奥林匹克等竞技会），开价是3000德拉克马，最终得到了1万德拉克马的报酬。而当时一个政府职员的日薪不到1个德拉克马。[①] 与其

---

① William T. Loomis, *Wages, Welfare Costs, and Inflation in Classical Athens*, The University of Michigan Press, 1999, p. 11.

他艺术家相比，诗人的收入也同样显眼，如当年雅典城邦（公元前434年至前433年）付给帕特农神庙三角墙整个雕塑群的薪金加起来是16392德拉克马[①]，这大概需要一个雕塑家带领整个团队工作一年。比较起来，品达一首运动颂歌的报酬超过一群杰出雕塑家半年的辛勤劳作，对此，品达毫不掩饰得意之情：[②]

我不是一个雕塑家
不是呆呆立于底座的
不能行动的形体的出产人；
在每一艘船，每一叶帆
航海中，甜美歌声，从埃伊纳岛而来
传扬大能的……
获得搏击赛的桂冠。

雕塑家的成就只能静静地立在一角，而诗人的颂歌可以让竞技场的英雄盛名随着水手的歌声传遍天涯海角。很多诗人都表达了同样的优越感，这是他们社会经济地位的有力保障，也是品达收取巨额费用的原因——保证雇主在竞技场上获得的成功能够声名远扬；这种名声能够万古流传，在品达看来，这才是使用财富的明智方法，储存财产不如储存好的名声。

因为作诗成了一种职业，庆祝（特别是庆祝某人在竞技场的胜利）成了诗歌的重要功能，所以，诗人的主题逐渐从神话转移，而复杂丰富的神话宝库和仰慕英雄传奇的传统原本正是古风时代希腊贵族的权力所在，因为他们宣称自己是神与英雄的后裔。诗人虽然不会放弃如此重要的宝库，他们会从神话传奇或地方民谣中选择最

---

① William T. Loomis, *Wages, Welfare Costs, and Inflation in Classical Athens*, The University of Michigan Press, 1999, p. 89.

② Bruno Gentili, *Poetry and Its Public in Ancient Greece: From Homer to the Fifth Century*, Translated by A. Thomas Cole, Johns Hopkins University Press, Reprint, 1990, p. 163.

为适合庆祝场景的元素，编织到他们的作品当中，但不再是为了叙述神话或是为了政治伦理目标，而是为了衬托雇主所委托的主题或人物。诗人选择一个适合的神话意味着将被歌颂的对象与传统故事联系起来，使其通过神话人物的原型获得荣耀，观众也被动地接受这种联系，而神话原有的意义和价值范式则随之消失。

既然合唱是为了公众表演而创作，那么观众的反应确实需要考虑。“观众是滋润每一个健康的艺术植物的养分。”在这个时代，没有观众的诗歌不具意义。在运动员颂歌中，雇主通常是城邦这个共同体中最重要、最显赫的人物，为雇主庆祝竞技得胜的庆典创作，诗人本身也面临压力，他应当选取什么神话？神话的哪些元素适合这个场合？主顾和他所处的那个共同体能否接受？这些事情也同样是其他一些公共性质的诗歌所要考虑的。[①]

在诗人、主顾和观众的三角关系中，对同一神话进行再度解释和对一些有争议的情节重新塑造，是诗人情趣不得不用的方法，只有如此，才能使其作品满足客户要求，顺应大众审美情趣。这些条件满足的代价就是诗人作为的空间变窄、传达的话语品格下滑，由原来引领社会的审美变成一种艺术的包装，坚守传统的热情与毅力在这种大环境中难免消耗殆尽。

三　诗歌与财富

品达虽然接受资助，但并未给人唯利是图的印象。品达认为，他的诗歌得到的报酬理所当然，是对他才华的合理报偿。一个人的财富用于保存他的名声是非常正确的使用渠道，比起放在仓库中要明智得多。品达在金钱与权势的双重压力下，依旧基本坚守心目中传统的贵族理念与标准，即使左右为难，仍未失诗人风范。

但整体上看诗人对神的敬畏已经逐渐减弱，对世俗的追求逐渐

① Bruno Gentili, *Poetry and Its Public in Ancient Greece*: *From Homer to the Fifth Century*, Translated by A. Thomas Cole, Johns Hopkins University Press, Reprint, 1990, p. 126.

明朗。其中，最为著名的当属大诗人西蒙德尼斯（Simonides）。

当僭主西隆问西蒙德尼斯“神是什么或者神看上去像什么”的时候，诗人要求给他一天时间考虑；当西隆第二天再问他这个问题时，诗人说还需要两天时间；然后这个时间一推再推，僭主西隆非常奇怪，问诗人原因何在，诗人回答：“因为这个问题我思考得越长久，我能回答这个问题的希望就越渺茫。”西蒙德尼斯以博学与智慧著称，他的犹豫是真诚的。他回答这个问题的无助感代表了当时一批诗人的想法。神的观念的模糊导致的直接结果就是敬畏感的弱化和对现实物质世界热爱的提升，因为这是唯一可以抓住的东西。对某些诗人来说，他们的目的就是财富！就是钱！关于诗人与钱的传说非常之多，其中，最为人们所津津乐道的还是西蒙德尼斯。

西蒙德尼斯才华横溢、名声显赫，曾经写下过“诗是有声的画，画是无声的诗”这种迄今仍广为流传的句子，也曾经为温泉关的阵亡将士写下慷慨激昂的铭文，在希腊世界广为流传。诗人因为其过人的才华变得非常抢手，而且这位诗人有时也非常“配合”。

有这样一桩逸闻，利基翁的僭主亚拿尼亚曾经向西蒙德尼斯约稿，庆祝他一次驴车赛跑的胜利，西蒙德尼斯断然拒绝了，因为驴不是一个适合歌颂的主题。但是，酬金不断提升，热衷财富的诗人最终答应了这个请求，而且以其卓越的天赋才华如此开篇：欢呼吧！风驰电掣的牝马的女儿！①

西蒙德尼斯对钱财的态度旗帜鲜明。当他被问及在财富或作诗的智慧两者之中他更倾向于何者时，他回答：“我不知道，但我看到的是诗人守候在财富的门口。”当诗人被问及什么是贵族的时候，他回答说，就是那些祖上富贵的人。② 诗人被取笑总是随身带着两个盒子，一个是空的，一个是满的。空的那个是恩惠，满的那个是

---

① Simpnodes, “Fragment 515”, in David A. Campbell eds., *Greek Lyric*: *Stesichorus*, *Ibycus*, *Simonides and Others v.* 3, LOEB, Harvard University Press, 1991, p. 383.

② In David A. Campbell eds., *Greek Lyric*: *Stesichorus*, *Ibycus*, *Simonides and Others v.* 3, LOEB, Harvard University Press, 1991, p. 367.

金钱。①

僭主西隆对西蒙德尼斯非常优待，总是提供各种生活方面的补给，而诗人却总是公开地卖掉大部分的供给，只留下一小部分自用。当被问及原因时，如是回答："这样所有的人都知道西隆的慷慨和我的节制了。"②

西蒙德尼斯作为九大抒情诗人之一，因其才华横溢而广受称颂，虽然他的狡黠与贪财经常成为人们谈笑的佐料，但并未引起人们的反感。因为西蒙德尼斯是城邦大众思维的剪影，是人们隐约感觉不够高尚但经过日常理性权衡后仍然觉得无可厚非的结果，而这些思想如同欧里庇得斯笔下的市井人物一般走进公民心中，也走进公民的道德理念与世界观之中，逐渐固定、悄悄瓦解并取代了过去。

到此为止，诗教的力量慢慢弱化，虽在泛希腊化大地上仍享有一席尊荣，但已经只是教化力量中的一支。然而，教化终究是社会的核心任务，不能留有大片空白，更何况是在古希腊文明的黄金年代。这时另一支力量已经茁壮成长，取代了诗教，建立起正式的教育体系，这一体系以其实用性、灵活性以及人本主义的哲学基础，迅速为人们所接受和认可，成为古希腊人的又一杰出成就和对现代文明的重大贡献，而诗人也是其重要的缔造者之一。

第三节　智者的兴起

在古希腊诗歌的最后巅峰——悲剧时期，另一股思潮开始风起云涌，一场新的智力运动开始走到前台，逐步替代诗教挑起文化教育的大梁，这场运动对教育的影响不可估量，即后世所称的"智者

① Aristophanes, "Peace", in David A. Campbell eds., *Greek Lyric: Stesichorus, Ibycus, Simonides and Others v.* 3, LOEB, Harvard University Press, 1991, p. 349.

② Athenaeus, "Scholars at Dinners", in David A. Campbell eds., *Greek Lyric: Stesichorus, Ibycus, Simonides and Others v.* 3, LOEB, Harvard University Press, 1991, p. 349.

运动”。

智者运动的实质就是 Paideia，即教育体系的建立，或者是 culture，即教养的实施。Paideia 一词最开始仅仅意味着“儿童抚养”，智者运动将 Paideia 的意义迅速提升到人的 Arête 即“卓越”品质的养成，并最终演变为教育（Pedagogy）的意思。

智者将“Arête”（卓越）一词完全与人类联系在了一起，而在此之前主要用于颂扬神。社会变了，Arête 的理念以及与之相应的实现方式也随之改变了。这一时代开始，Arête 开始紧紧地与教育联系在一起，在希腊到处都开始关注什么样的教育能够引导人的 Arête。没有这个问题，独特的泛希腊文化就不能涌现。除斯巴达的 Agêge 外，古希腊没有可以与之并列的教育形式。

一　智者兴起的背景——民主城邦的成熟

在古典时代，雅典在波斯战争胜利之后逐渐成为“世界”政治经济贸易中心。因为海上贸易繁荣，一个新兴阶层——拥有巨大财富却在社会地位上处于劣势的资产阶级涌现。这个新的资产阶级与旧的贵族阶层比较起来力量并不均衡，虽然在经济领域举足轻重，但是，在文化领域其地位与需求却并不一致，特别是在教育方面。雅典城邦的民主制按说业已成熟，关于人和公民的新理念也逐步成型，很多人也相信新的公民理念比旧的理念要好，但却没有一套教育体系来抚育青年一代的成长，促进并实现新的能在城邦共同体中具有实际话语权的理念体系。血统仍然重要，平民父亲只能给孩子职业训练，孩子跟随父亲学习家传技艺或者学做生意等。在古希腊人眼中，职业训练不能比肩贵族的军事体育和音乐训练，后者才是能够达到最高等级的身体 Arête 和灵魂 Arête 的途径，但这扇门对一般市民是关闭的，贵族的卓越教育基于血统进行。这样就形成了一种矛盾——传统的教育与现实的政体不相符合。在雅典，只要是公民的孩子就会被认作共同体的一员，而不需要出身显贵家庭，这是城邦的基础机制。因此，需要建构一种新的教育体制，公平地对待每一个城邦成员，它超越之前的贵族教育体系，可以让每个人都有实现卓越的途径。这种教育体制在当时并无根基，但的确是上升新势力的需求。

这时，智者运动带来一场宏大的教育改革，可以说是近现代西方教育理念的起源。对近现代的许多西方国家甚至21世纪的中国来说，对教育目的的理解都与智者十分相似，教育是公民（或人民）教育，应当为城邦（或国家）服务；教育也应当为个人的将来做准备，为职业发展做准备。这一对教育本质的理解本身就是一种新的教育理念的创新，相信知识就是力量、知识就是塑造人格的新的精神动力。

这场教育运动的领导者是智者，领袖人物是普罗泰戈拉（公元前490年或480年至前420年或410年）和高尔吉亚（公元前483年至前375年）。这一运动首先要打破的是旧有观点，认为判定人的标准不是血统，而是智慧与道德，甚至连伦理要求都有所退化，智力真正走到前台。

较早提出这一观点的是色诺芬尼斯（公元前570年至前480年或470年），他对贵族子弟们在体育竞技中获胜所得到的荣耀大不以为然，认为有知识有智慧的人才是城邦的真正财富：

如果有人在五项全能中取得胜利，用他飞快交替的双腿，或是摔跤或是艰苦的搏击，他将在他的同胞中比别人获得更大名望，他将在竞技中坐在前席，他将由政府允许从公众中获得供给，或是得到珍贵的礼物，甚至他的马也会被优待，他将获得所有的这些，虽然他根本不如我配得这些。因为我的技艺远胜这些人或者马的力量。但这些习俗是如此不可理喻，将力量置于技艺之前。因为所有这些竞技场上获得荣誉的事迹，都不会比城邦的律法与秩序更好。

这些竞技场的胜利都不会使城邦的宝库更丰富。[①]

色诺芬尼斯是古风时代的人，但其思想已明显带有古典时代智者的特征。在贵族武士与竞技英雄的时代，他将人的智慧推到前台，这种思想并不合时宜，他的“先见之明”使其处境孤单。古希腊大诗人生活拮据的并不多见，而他就是其中之一。他将智慧的力量与公民的资质紧密联系，这种理念必须建立在城邦秩序与公共福利上，这一理想在一百年后才逐步成型。在色诺芬尼斯的观念中，血缘的贵族被智力的卓越所替代，他对理性和智力的推崇虽未成为诗人那个年代的强音，但也潜移默化地被雅典人接受并广泛地运用于政治和商业之中。智者的时代已经悄然开启，Paideia（教育）这一任务已被激活，智者的工作就是努力促进这个体系的完成。

智者运动初现之时，其目的也不是教育大众，而是培养领导者。他们的学生是希望成为政治家和城邦领导的那群人，而不是像父辈一样，只能从事某种生计。

普罗泰戈拉说：“在我这里他可以学到他想要学的东西，其内容是什么呢？这就是学会恰当地照料他的私人事务和国家事务。”

我（苏格拉底）说：“我认为你说的是政治技艺，你许诺把人教成良好的公民。”[②]

在古典时代，政治家被称作雄辩家和修辞家，汉语中的“修辞”本义是修饰言论，利用多种语言手段以达到尽可能好的表达效果。但古希腊的修辞不仅是运用语言，而是采用任何可以起到作用的方法，包括逻辑、数学、法律、心理以及仪表、语调等，只要可

① Xonophanes, “ Fragment 2”, in Douglas E. Gerber eds., *Greek Elegiac Poetry: From the Seventh to the Fifth*, LOEB, Harvard University Press, 1999, p. 417.

② ［古希腊］柏拉图：《普罗泰戈拉》，王晓朝译：《柏拉图全集》第一卷，人民出版社 2003 年版，第 439 页（318E）。

以达到目的，从形式到内容通通包含在内。雄辩术是每一个想成为政治家的人接受教育的起点，古希腊所谓政治家的教育其实就是修辞教育。也许高瞻远瞩、决策千里之类的能力源于天赋，但说服的能力却能通过训练来发展。在民主城邦，所有的大众都能因政治目的聚集一起，每个公民都能发言，政治家只有脱颖而出，才能得到大众的支持。雄辩的能力对政治家来说不可或缺，这是他们手中的武器。

二　智者——诗人的继承与演变

智者并不是凭空出现的一群知识分子，智者是诗人这一群体的分化演变，他们与诗歌教育传统一脉相承，他们是荷马、赫西奥德的后人。在古希腊语中，“诗歌”与“智慧”（σοφός）、“诗人”与“智者”（σοφιοτης）是同一个单词，σοφίζομαι（动词）的含义就是“成智”“教导”和“作诗”。这是非常关键的一点，如果不抓住这一点，我们就很难理解智者在希腊文化中的历史地位。他们是古风时代与古典时代的衔接者，也是古典时代与泛希腊化时代的衔接者。虽然苏格拉底、柏拉图是希腊文化的巅峰代表，但罗马人承接的其实是更具实用性的智者文化。

在智者这一群体轮廓明朗之前，诗人也简单地呈现和评论了自己所认为的理想人格，虽然没有哲学家的阐述那么自成体系。西摩尼得斯（Simonides）、泰奥格尼斯（Theognis）、品达（Pindar）早已运用诗歌来讨论人的 Arête。因为他们，诗歌的一隅变成了教育理论的讨论基地。西摩尼得斯虽是大诗人，但也正如普罗泰戈拉（Prot339a）所说，说到底西蒙德尼斯就是个智者。

智者事实上是游吟诗人的真正继承者。也就是说，他们是依靠智慧和知识过活。他们不时从一个城市转到另外一个城市，没有真正的邦属。他们仍然非常热爱诗歌，《荷马史诗》仍旧是智者的重要教材。他们在课程中引用伟大诗人的作品以达成教化目标：

普罗泰戈拉说："音乐教师通过类似的方法来灌输自制，使年轻人不敢作恶。当他们学习弹竖琴时，老师教他们另一类好诗人的作品，亦即抒情诗，在竖琴的伴奏下，孩子们的心灵熟悉了节奏和旋律。通过这种方式，他们变得越来越文明，越来越公平，能够比较好地调节自我，变得更有能力说话和做事，因为节奏与和弦的调节对整个人生来说都是基本的。"（《普罗泰戈拉》，326B—E）[①]

这一观点是古希腊人对音乐的传统观点，不仅诗人这么认为，智者也完全接受，柏拉图和亚里士多德也同样认可这一观点。普罗泰戈拉还认为：

在我看来，苏格拉底，一个人的教育的最重要部分是成为诗歌方面的权威。这就意味着能用理智评论一首诗歌中好的方面和不好的方面，知道如何区别好坏，当有人提问时，能说出理由来。（《普罗泰戈拉》，339A）[②]

但是，智者不仅仅借用诗教的传统，他们也创建自己的东西。这是散文兴起的时代，因为文字已经普及，诗歌的记忆功能逐渐减退，人们可以通过书本来学习，而无须通过言简意赅、节奏感强的诗歌来承载记忆，人们可以通过文字来长篇大论地表达自己的思想。随着城邦的壮大和发展，法律等变得越来越复杂，诗歌显然无法担当这样的责任。

智者的教育是服务城邦共同体、培养好公民的教育。智者认为，离开学校并不是教育的结束，而是教化（Culture）的真正开始，这

---

① ［古希腊］柏拉图：《普罗泰戈拉》，王晓朝译：《柏拉图全集》第一卷，人民出版社2003年版，第446—447页。

② 同上书，第462页。

是一个新的观念。[1]这个教化力量的来源，在普罗泰戈拉的理论中就是城邦，城邦既是所有教育能力的来源，事实上，城邦本身也是一个巨大的教育组织，它的法律和社会体系也同样具有教育性。教化力量的主体悄然改变，原来所有的真理和知识都是神的赐予与启示，现在真理由人来发现和掌握，人被认作是智慧之源，人的共同体城邦则是真正的教导者。

教育内容上的变化，也会导致形式上的变化。从历史的角度来看，形式上变化的重要性甚至超过其内容的变化，而这些变化也是与理念的转变紧密联系在一起的。智者逐渐理顺了一套学制，并将其推广开来。

苏格拉底，他们当然应当这样做。他们从孩子幼年起就进行教育和训诫，并且延续终生。一旦孩子能够明白事理，保姆、母亲、老师以及父亲本人都在争着使孩子尽可能变好，知道他们什么该说、什么该做。

以后，他们还会把孩子送去上学，学校里的教育更加注重善良的行为而非语文或音乐。老师们精心照料着孩子，当孩子们学会了文字，准备理解书上的话，就像从前理解口头语言一样，老师们会把好诗人的作品放在孩子们的桌上让他们阅读和背诵，诗歌中包含着许多训诫、故事、赞歌，对古代的圣人进行颂扬，这样一来，孩子们就会受到鼓舞而去模仿他们，期望成为他们那样的人。(《普罗泰戈拉》，325C—E)[2]

这套体系就是 Paideia，成为雅典及其他民主城邦的教育体制，它有点类似于我们今天教育的年龄分段和进阶，也有适用于不同阶

① Werner Jaeger, *Paideia: The Ideals of Greek Culture: Volume I*, Oxford University Press, 2 edition, 1986, p. 310.

② ［古希腊］柏拉图：《普罗泰戈拉》，王晓朝译：《柏拉图全集》第一卷，人民出版社 2003 年版，第 446 页。

段儿童和少年的教材及课程。学校还是私立学校，但不是萨福、阿尔凯奥斯那样的贵族子弟的小圈子，而是类似于我们今天的私立小学、私立中学。Paideia 成为与斯巴达的 Agêge 教育并行的教育体制，当然，其影响的广度与深度都远远超越后者，甚至和我们现代的教育已经颇为相仿。

三　智者教育——对传统贵族诗教的解构

诗教实质是贵族教育，而智者教育则是民主教育，这两者之间的冲突在古典盛世来临前的一个世纪之前就已出现，早期两者的实力并不旗鼓相当，传统的贵族教育更加占据优势，但民主力量的崛起使局面扭转。这一对贵族体系的威胁早就被品达和提奥格尼斯等敏锐地察觉并尖刻地提出批评，他们仍然认为，人能获得艺的天赋是世袭的，教育当然有用，但非根本，只能是改善。

智者则严格审查了教育的根本，认为先天的禀赋和后天的教养均对人的成长至关重要。虽然智者的表述各不相同，但结论基本一致：天性（Nature）是教育建立的基础，完成教育的过程是学（Learning）、教（Teaching）以及实践（Practice），这些形成了第二天性。这突破了贵族教育的界限，抛弃了贵族理念认为品质和道德能够通过血统得到遗传，而不能后天获得的传统观念。

> 普罗泰戈拉答道：“年轻人，如果跟随我，你会有所收获的。你和我在一起待一天，回家时就会变得比来的时候要好，第二天也同样。你每天都能取得进步，会变得越来越好。”①

智者除继承诗歌的教育功能之外，还将注意力集中于讨论教育的本质和目的。虽然遗传同样至关重要，但是，神圣血统的伦理力

---

①［古希腊］柏拉图：《普罗泰戈拉》，王晓朝译：《柏拉图全集》第一卷，人民出版社 2003 年版，第 439 页（318A）。

量现在被人的自然禀赋（Human Nature）这一概念替代，人的天赋被赋予了更广阔的含义，具有个体的偶然性和模糊性。这一最重大的分歧和自然科学界包括医学界的发展分不开。医学研究表明，人是一个自然的有机体，有着一定的结构，服从自然规则并按照一定方式运行自然规则。希腊人将此推演到整个人，包括身体和灵魂、社会和道德的天性。

这是一个理性主义和科学主义影响越来越广泛的年代。从米利都的泰勒斯认为万物都由水构成开始，古希腊哲学正式开启。泰勒斯的学生阿那克西曼德提出“原始实体”无定论，接着米利都的阿那克西美尼提出，气是最基本的物质形式，沿着这一思路还有赫拉克利特的“火”、毕达哥拉斯的“数”、巴门尼德的“逻各斯”、德谟克利特的“原子论”，等等。很多前苏格拉底的哲学家都试图建构一个完整的宇宙观理论，将一切都置于规律之下。哲学家还试图拓展他们的理论，将人也置于其下，努力将这些理论打造为自然科学的基础、社会与伦理的基础。如赫拉克利特：

智慧乃一事：认识到真知，万物如何通过它们被驾驭。

唯有一个东西，智慧，既不愿意又极愿意被称呼，以神（宙斯）之名。[①]

民众必须为法律而战，就像为城墙。以心智讲话的人们必须信赖那对所有人共同的东西，正像城邦信赖法律，而且更多地信赖。[②]

这股来自伊奥尼亚哲学家的思辨之风逐渐席卷雅典，这些哲学思想虽不相同，但其气质与民主城邦的个性如此契合。智者深深地被这种政治、伦理的理性主义和宇宙自然观的科学教导所吸引。人的智慧比神的谕言更加引人入胜，在理性基础上的政体形式是智者

① G. S. 基尔克、J. E. 拉文、M. 斯科菲尔德：《前苏格拉底哲学家：原文精选的批评史》，聂敏里译，华东师范大学出版社 2014 年版，第 302 页。

② 同上书，第 315 页。

服务的主要对象，城邦与律法是智者教育的核心。

自荷马以来，贵族教育一直被追随英雄榜样的理念所统辖。伟人是规范的实体表征，学生要模仿的是英雄的习性。而新式教育的模范是法律，以律法来教育公民，因为法律是最普遍和最好的道德标准的表达。英雄在新式教育中的位置降低，只是因为教材因素而被附带出来，城邦和法律才是城邦公民的最高级教师。

普罗泰戈拉曾用一个比喻来清晰地描述法律的教化意义：法律对公民生活的规范就有如基础的习字课，孩子们按照老师画的轮廓描红，每个孩子都知道不能超过字的框架，否则就是不好的，必须改正。法律就是公民生活的轮廓，不能越界，这是古代圣贤创建律法的目的。

你知道的，当孩子们还没有学会写字时，老师把写好字的石板发给他们，让他们自己跟着描。同理，国家设立的法律是古代优秀立法家的发明，法律迫使公民依法统治和被统治。无论谁逾越了界限，法律就实施惩罚，他们这里和其他许多地方也把惩罚称作矫正，恰当地说了惩罚在起着矫正或指导的作用。（《普罗泰戈拉》，326B—E）

普罗泰戈拉还用一个植株成长的比喻来描述教育过程，不断扶植和修剪一个枝条，就能使枝条长直，法律就是惩戒，类似于“修剪”，使人能重新回到界限当中。在雅典，法律不仅仅是王，还是公民资格的学校。法律是基石，所以，苏格拉底死也不愿意越狱，不违反他所推崇的法治。

智者不仅在教育内容和形式上解构了贵族教育，在社会地位上也将教育者和受教育层次“往下拉扯了一个档次”。智者的杰出代表都非贵族阶层，而只是社会的中层。他们为贵族非常不齿的就是用知识来换取利益。

"他当然伤害了我，苏格拉底，"希波克拉底笑着答道，"他对自己的智慧保密，不让我分享。"

"根本不是这么回事，"我说道，"如果你付足了学费，说服他，那么他也会使你聪明的。"（《普罗泰戈拉》，310D）

"那么，因为他是一名智者，我们才去送钱给他，是这样吗?""是的"。（《普罗泰戈拉》，311E）

"你（指普罗泰戈拉）则公开对希腊人宣称自己是智者，是文化与美德的教师，并且第一个宣称提供这种服务是要收费的。"（《普罗泰戈拉》，349A）

虽然贵族阶层中也有很多人对智者的智慧趋之若鹜，但真要成为为稻粱谋的智者，还是颇为羞愧，觉得有辱身份和地位。

"但是，在你的同胞面前以智者的身份出现，像你这样的人不会感到可耻吗?"

"如果说真心话，那么我确实会感到可耻。"（《普罗泰戈拉》，312A）

智者不仅收费，而且收费很高，也是贵族对他们不满的原因，觉得他们不配得到这份报酬。这里可以简单地做个对比：公元前409至前407年期间，一个建筑工人的日薪是5欧珀（Obol）或者1德拉克马（1d=6ob）；普罗泰戈拉（公元前472至前420年期间的记录）对每一个学生的收费是1万德拉马克，或100明纳（1mn=100d=600ob），智者中的另外两位领袖人物芝诺和高尔吉亚也收这么高的学费。[①] 那么，这三位大家所教授的学生只可能是富家弟子。折算一下，一个学生的学费是一个建筑工人近30年的工资，而且这

① William T. Loomis, *Wages*, *Welfare Costs*, *and Inflation in Classical Athens*, The University of Michigan Press, 1999, p. 62.

还是没有将通货膨胀因素考虑在内的计算结果。

苏格拉底曾说："如果我不穷，我就去听伟大的普罗狄科讲授那门50德拉克马的课程，这是一门完整的语法和语言学——这是他的原话。"（柏拉图：《克拉底鲁篇》，第384B行）[①] 我们无法猜测这样的课程有多少学生，课时有多少。不过，一个学生为这门课程所付学费相当于一个建筑工人60个工作日的工资，确实收入不菲。

智者也对自身的知识和智慧非常有信心与把握：

> 我要宣布我就是这样的人，能比其他人更好地帮助一个人获得善良和高贵的品质，我完全配得上我收的那些学费，甚至认为应该收得更多，我的学生也这样认为。由于这个原因我采取这样的方式来接受我的报酬。任何人要来向我学，他可以支付我索取的费用，也可以去一座神庙，如果他愿意的话，发誓相信自己配得上我的教导，把学费存在那里。[②]（《普罗泰戈拉》，328B）

当然，后来，随着智者人数的增加，学费数量也逐渐下降，一些智者的学费减少到每个学生20明纳，公元前399年减少到5明纳[③]，但不可否认，这仍然是一笔巨资。

四 教化（Culture）理念和艺（Art）课程的创建

智者不仅构建了运转有效、影响深远的教育体制，还有一个特别的贡献，就是他们极为天才地关注到了"教化"（Culture）这一理念。教育这一人类活动中存在一些基本元素，这些元素之间有着某种关系。智者运用了一个比喻，来说明教育的要素，这个比喻就

---

① ［古希腊］柏拉图：《克拉底鲁篇》，王晓朝译：《柏拉图全集》第二卷，人民出版社2003年版，第57页。

② ［古希腊］柏拉图：《普罗泰戈拉》，王晓朝译：《柏拉图全集》第一卷，人民出版社2003年版，第449页。

③ William T. Loomis, *Wages, Welfare Costs, and Inflation in Classical Athens*, The University of Michigan Press, 1999, p. 65.

是“种植”（Culture），而Culture也因为这一比喻，由种植的本意最终演变为教化、文化。

普鲁塔克基于智者教育理论所写的名篇《论儿童的教育》[①]，提出了教育元素的三位一体理论。教育基本元素的三位一体理论是借用了种植（Culture）来比喻，好的种植包括好的土壤、有经验的农夫和好的种子。教育中土壤就是人的天性，教师与农夫相对应，种子就是用语言指导和建议。

种植	教育
土壤	人的天性
农夫	教师
种子	教导
农作物	教导出来的人才

如果三个条件都很好地符合了，那产物的品质自然就会出色。如果天赋不够好，但得到合适的照看、指导和实践，不足也能够得到弥补，反之则会被浪费；得到更多照看的作物最终能够比自然生长的更加强壮；好的土壤没有耕耘也不会有产出，不太好的土壤，得到正确和持续的耕耘，最终也会有引人注目的产出。

智者是最早的人文主义者，也是文化概念的开创者，虽然他们不知道Culture这一比喻最终会比原来的教育意义广泛得多，也不知道它的内涵最终演变为“文化”，成为人类文明总和的代名词。Culture概念表达了一种希腊文化的普适性基础——受教育是人天赋中的愿望，教化是理性对真理的切实应用。“在人性基础上的教育尝试，是最高形式灵魂的自我教育和自我塑造。在这样广泛而深入的基础上，智者越来越启示出希腊精神的本质：聚焦普适性，聚焦整

① ［古希腊］普鲁塔克：《论子女的教育》，席代岳译：《道德论丛》，吉林出版集团有限责任公司2015年版，第3页（1.4）。

个生活。如果没有他们的努力，不管是文化这一概念还是教化这一概念，都不会形成这样既有弹性而又丰富的形式。”①

与“文化”（Culture）这一概念一并而出的是另一个重要概念“艺”（Art）。“Culture”是基本理念，“Art”则是具体途径。精神的训练与传统的体育锻炼并行，都是塑造人格的重要力量。但具体如何实施呢？体系化的“艺”解决了这一问题。“艺”是最初明确提出的课程，是智者苦心经营的结果，特别是那些常规科目。在他们之前并未听说过分门别类的语法、修辞和逻辑课程，是他们创建了这些课程科目，系统地表达了他们塑造智力的途径——教育从语言、演讲和思维形式开始。

语法、修辞和逻辑——后世“七艺”中的“大三艺”，这是智者的杰作。在另外的“小四艺”——几何、代数、天文和音乐中，至少智者正式论述了音乐教育和数学教育。后世曾以为“七艺”是柏拉图提出的理念，其实是他对业已成型的雅典的课程体系的评价与批判。

至此，智者运动基本完成了从教育理念到教育实践的完整教育体系的建构，以人本理念战胜了古希腊众神，以人的天赋禀性替代了人的出生与血统，以科学与逻辑科目极大地丰富了原有教育科目，最终成为一种不可逆的教育模式，将诗歌教育彻底替换下来。

智者运动其实只是一股思潮，他们并没有严格统一的理论体系，也没有任何共同的组织架构。智者是希腊半岛上各自为政的一群流动教师，这类人良莠不一，无论是在学识上还是在伦理道德上都参差不齐。因为他们的教导常常与收入不相匹配，使整个群体都背上了不甚光彩的名声。智者将知识与教育市场化、商业化，知识被用来销售，因为柏拉图等的缘故，智者的恶名一路流传。但是，这种理解是对智者运动的一种狭隘化理解，古希腊时代给后人留下的最

① Werner Jaeger，*Paideia*：*The Ideals of Greek Culture*：*Volume I*，Oxford University Press，2 edition，1986，p. 312.

伟大名字似乎是苏格拉底、柏拉图、亚里士多德三人，但正是广义上的智者开启了对后世影响深远的哲学思潮。比较起来，对古典时代的希腊人来说，他们更加重要。他们真正改变了古希腊文化结构，将理性生活不仅带到哲学思维当中，而且带到生活的方方面面。普罗泰戈拉认为，文化教育是所有人类生活的中心，他的教育观直指人本主义，这是现代教育继承的核心。神话世界逐渐落幕，其载体——诗歌一同走下高台，人的地位提升，将一个崭新的理性世界推到前台，不管从当时还是对后世的影响来说，这场教育运动都可以说是成功的。

结　语

诗歌能支撑起一个时代的教化，缔造一方璀璨文明，这确非寻常。希腊古风时代的诗歌能够完成如此伟业是因为它与众不同的特质。希腊诗歌中最丰富的内容是神话，《现代汉语词典》中这样解释“神话”一词：“神话”是“反映古代人民对世界起源、自然现象及社会生活的原始理解的故事和传说”，但希腊人并不这样看“神话”。希腊语“神话”一词的原意就是它的字面解释，即“神的话语”，在很长时间内，希腊人对此深信不疑。因此，古风时代的希腊诗歌才拥有了至高无上的话语权，代表真理、权力，甚至寄托一些人永生的盼望，而诗人有着“先知”的身份，仿佛德尔菲神庙的祭司。

然而，古希腊的神没有经得住人的理性考量，哲学家推断出：神是唯一的，是全善全能全知的，显而易见的是，史诗中的神并非如此。“谁要是心怀一种宗教走向奥利匹斯居民，竟想在他们身上寻找道德的高尚，圣洁、无肉体的空灵，悲天悯人的目光，他就必定怅然失望，立刻掉首而去。这里没有任何东西使人想起苦行、修身和义务。”① 奥林匹亚的神让人失望，他们既不全能，更不全善，他们至高的权力没有给人带来秩序、盼望、道德与爱，而是做了很多坏的榜样。哲学家不能接受和容忍这样的神，即使各种祭祀与敬拜仍未间断，但是，在知识精英阶层中，无条件的敬畏已经荡然无存。希腊的思想家以尊重之心把神搁置一旁，然后另寻他途，期望

① ［德］尼采：《悲剧的诞生》，周国平译，译林出版社2014年版，第14页。

打造一个更好的、更合理的体系，这个体系的主体是人。对神的怀疑和对人自身的高举齐头并进，直到普罗泰戈拉明确地说出："人是万物的尺度!"

神话的心境因此慢慢枯死，阿里斯托芬剧中的欧里庇得斯引以为荣的是，他笔下的人物都有判断能力，即使是普通的、日常生活中的小百姓。人们以前所未闻的精明管理土地、财产和进行诉讼，希腊人放弃了对不朽的信仰，既不相信理想的过去，也不相信理想的未来。①

诗歌也大大地变了模样②，就如《云》中的儿子（1355—1362）中不喜欢古朴庄严的音乐一样，观众中流行细腻缠绵能荡人心魄的音乐，新的品位喜欢柔软、感性的东西。黄昏时代的雅典人普鲁塔克说："谈起音乐的教化作用，古代最重视的部分是它具备神性的庄严；现代人（指泛希腊化时代）在这方面有很大的改变，排斥往昔过于隆重的意识形态，就拿适合剧院演出充满柔情蜜意的旋律，取代刚强进取和嘹亮热烈的用于战阵和宗教的音乐。"③ 那些最高贵的曲调深受古希腊人喜爱，它能表现出雄伟的气势，"我们这个时代的音乐家完全放弃了这些"；④ "舞蹈也是，而今舞蹈的素质日趋低落，已经无法让人大饱眼福，连舞蹈家都惊异'我害怕自身的罪孽会使神明震怒，谁知世人却将荣华富贵全部赐予'"；舞蹈"只能拿粗鄙的诗作为伴侣，如同其他神圣的器物无法获得上天的宠爱，使出暴君的手段将所有的音乐纳入它的支配之下，留在贪婪和愚蠢的剧院成为唯一的女主角，那些学识丰富和德行高洁的人

---

① ［德］尼采：《悲剧的诞生》，周国平译，译林出版社 2014 年版，第 49、51—52 页。

② Bruno Gentili, *Poetry and Its Public in Ancient Greece: From Homer to the Fifth Century*, Translated by A. Thomas Cole, Johns Hopkins University Press, Reprint, 1990, p. 26.

③ ［古希腊］普鲁塔克：《论音乐》，席代岳译：《道德论丛》，吉林出版集团有限责任公司 2015 年版，第 2304 页。

④ 同上书，第 2319 页。

士，认为它已经丧失过往已有的荣誉”。[①]

神话给民族和个人的生活“打上永恒的印记”，借此而在某种意义上超越时间，显示了“生命的真正意义即形而上意义的无意识的内在信念”。另外，神话又是一个民族文化的天然土壤和有机纽带，“唯有一种用神话调整的视野，才把全部文化运动归束为统一体”。因此，一个民族一旦毁弃神话的家园，“开始历史地理解自己”，其生存就会出现“一种断然的世俗倾向”，其文化也会“丧失健康的天然创造力”。[②]

因此，高举“人”的智者教育取代了诗教，力图建设一个更加人本的世界，但智者教育也面临着自身危机，就是缺乏教育的基础，特别是缺乏伦理基础。诗歌因为是源于神的教导，带有高于人的权柄，天然带有“真理”高度；智者的知识来源于人的探索与思辨，人们在辩论中并未形成统一的理念。普罗泰戈拉认为，教育是基于传统观念中的正义，但正义是什么，什么是正义，很难说清楚。色拉叙马霍斯说，“正义不是别的，就是强者的利益（《理想国》，338C）”；卡里克里斯认为，“法律是强者的正义”，这些话语充满争议。人们的争议还使智者教育中的基础概念变得很难界定，普适性越来越难以寻求，真理体系处于一种相对性而非绝对性之中。苏格拉底曾这样问高尔吉亚：

苏格拉底：那么我们必须称你为修辞学家吗？

高尔吉亚：对，一名优秀的修辞学家，苏格拉底。这是我的职业。[③]（柏拉图：《高尔吉亚篇》，449A）

苏格拉底：你断定修辞学是说服的创造者。修辞学在听众的灵

---

① ［古希腊］普鲁塔克：《清谈之乐》，席代岳译：《道德论丛》，吉林出版集团有限责任公司2015年版，第2293页。

② ［德］尼采：《悲剧的诞生》，周国平译，译林出版社2014年版，第26页。

③ ［古希腊］柏拉图：《高尔吉亚篇》，王晓朝译：《柏拉图全集》第一卷，人民出版社2003年版，第320页。

魂中产生说服。

高尔吉亚：说服正是修辞学的全部与本质。（柏拉图：《高尔吉亚篇》，453A）

苏格拉底：那么修辞学显然是确定信念的创造者，它是说服性的，而不是关于对错的一种指示。（柏拉图：《高尔吉亚篇》，455A）

智者所教授的技艺是说服他人，无须理会他的观点到底是错是对，是否合乎道德伦理，只要达到说服的目的即可。高尔吉亚夸口说，如果他去城邦竞选医药部门的负责人，他肯定能胜过医生而当选，因为他能说服别人相信他更适合这个职位。这样看来，这种新的教育体系中没有伦理支撑点，没有道德的统一性，教育越来越关注具体事务。原来体系中真理的来源与唯一立足点——神，也被评价为政治的伟大发明。

所以，直接的问题就是，谁知道你们智者教的东西是好的还是不好的？

那么，我们可以说智者真是一名批发或零售灵魂粮食的商人吗？我觉得智者就是这样的人。[①]（柏拉图：《普罗泰格拉篇》，313C）

有一些人并不知道他们拿来出售的东西对灵魂是否有益，那些购买者也不知道。（柏拉图：《普罗泰格拉篇》，313D）

这些关乎人、城邦、宇宙的问题都没有得到严肃深入的解决，智者知道，这一伦理基础并不稳妥，但似乎也没有执着地打算从形而上学的层面来解决这一问题。当然，某种答案就是这个世界并没有恒定的真理。智者更加关注的是当下事物，关心城邦的直接命

---

① ［古希腊］柏拉图：《普罗泰戈拉篇》，王晓朝译：《柏拉图全集》第一卷，人民出版社2003年版，第432页。

运。这种不确定性对所有的城邦都是巨大的道德威胁。它缺乏教育中最伟大的力量：尽管才华卓越，但没有最珍贵的天赋，就是能指导教育的终极理念。这也是后世智者总被贬低、嘲弄的原因，也是柏拉图的教育观在经历历史评价和选择时总是超越智者的重要原因。

诗教的没落源于根基的毁损，接力者正是智者教育，而不幸的是，智者同样未能建立起教育的根基，哲学家试图接过这支接力棒，并一度以为做到了。柏拉图创建了伟大的阿卡德米学园，亚里士多德创建了吕克昂学园，伊壁鸠鲁创建了他的幸福花园，还有自认为不是智者的智者伊索克拉底创建了他的修辞学校。哲学家的哲学园成为平行于智者的另一股教化力量，于是希腊人真正用理性取代了神。柏拉图从未否定神，但他否定了史诗的神却未能明确告诉人们真正的神；他的哲学明确了最高存在，却又语焉不详、漂移不定、模糊不清。不仅仅是柏拉图，其他哲学家都没有解决这一问题，因此，诗教毁损的根基仍旧未能建立，置于人性智慧上的理性终究会随着人性的多变与天生的不足而反复动摇，既然都不是完全的人，谁又能代表真理和道德呢？谁又可以指责谁呢？谁又能站在制高点来教导他人呢？

所以，当普罗泰戈拉高呼“人是万物的尺度”时，每个人其实已经占据了自己世界的全部。这一论断对现代人来说铿锵有力、激动人心，却隐藏着极大的价值隐患。人不是抽象的，具体到现实中都是一个个活生生的个体，如果每个人都是世界的尺度，每个尺度都不尽相同，那么整个人类放在一起，几乎可以说各有各的尺度，也就是“万物再无尺度”了！

诗教的衰败源于核心力量的消退，而这一问题智者教育和哲学教育都没有真正解决。虽然理性试图成为新的信仰，却没有成功，虽然一时给了人美好愿景，却不能真正提供真理与道德问题的答案，不能带来人间的正义与未来的永生。“一种越来越可疑的教化使得体力和智力不断退化，身心两方面的马拉松式的矫健被牺牲掉了。”① 古希腊教育终于在那一代最伟大的哲人逝去之后，变得越来越世俗化、功利化，并终于消失在古罗马重实用轻思辨的文化氛围之中。

① ［德］尼采：《悲剧的诞生》，周国平译，译林出版社 2014 年版，第 62 页。

后　记

本书从正式提笔至今，已经过了三个年头，如果算上前期准备，前后也有七八年了。着手研究古希腊教育非常自然的是从苏格拉底、柏拉图和亚里士多德三人开始，后来却一步步地往前追溯到了诗教时代，似乎对这个阶段不了然于胸就很难再往下走。但真正下定决心着手研究时却又茫然无绪，准备阶段并非不曾努力，总是感觉不得其门而入。很长一段时间以来，没有发表论文，也没有申请课题，全身心地投入这一研究却毫无进展，面对各种科研考核与评估还是时常觉得心生内疚，备感压力。

2014 年，我联系到美国俄亥俄州立大学古典系的讲座教授本杰明·阿科斯塔·休斯（Benjamin Acosta Hughes）并到其门下访学一年。在访学期间，阿科斯塔·休斯教授坚持每周和我面谈一两次，容忍了我一次次的幼稚观点与低级错误，还不厌其烦地修改我交给他的汇报材料的文字及语法错误。阿科斯塔·休斯教授时常为我的研究担心，曾经好几次询问我的书能否按时完成，表现得比我还要着急，让我一直心怀感激与愧疚。但也正是因为他的担心，我完全不好意思请假来个美国东部、西部全线游，而是每天游走在教学楼、图书馆和宿舍之间，享受了一年纯真而紧张的求学生活，如今想来那美丽的校园风光依然历历在目，仿如昨日。在教授悉心指导下，我的研究渐渐有了眉目，虽然依旧薄弱，但提出的观点慢慢得到了教授的认可，在那一年当中，把研究的大部分纲目与观点确定了下来。这本书最终能够交付，最要感谢的就是温文尔雅的阿科斯塔·休斯教授。

此外，还要感谢湖南师范大学教科院和刘铁芳老师的帮助，感谢卢小生老师的辛勤付出，感谢湖南省社会科学基金项目（11YBA215）的资助，感谢中国社会科学出版社的支持，感恩随着本书一起成长和成就的美好生活！

2017 年 9 月 27 日